鬼市傳說 2

請鬼拿藥

楔子

「啊～～哇～～～」

衝天震地慘嗥聲，震驚了所有的人，化妝師緊摀住胸口——誰呀？見鬼了！

——不能提「鬼」字，這是禁忌。

說著，資深男子，往冰櫃室奔過去，一手推開厚重的門，後面的所有工作人員，全都跟著跑進來。

入眼之下，所有的人都目瞪口呆、腳底發寒，寒氣倏地往上冒，引發全身顫慄，不！應該說是室內的森寒，引起劇烈顫抖。

負責冰櫃室的工作人員仰跌在地上，他的上方，一口冰櫃被拉出三分之二。

冰凍了三天的屍體，這時是坐姿，緩慢支撐僵硬的身軀，企圖爬出冰櫃。

掙扎間，屍體摔出冰櫃，蹦落下地：「碰！」重擊碰撞響聲，恍如碰撞在所有人的心中，讓心臟多跳了幾拍。

屍體似乎不感覺痛楚，僵硬爬起身，轉向冰櫃室門口……

它穿著一件短褲，整個軀體，像一根冰柱般死灰白，短褲跟它一樣僵硬，它後腦杓只剩半邊，另半邊不見了，頭頂破個大洞，洞的裂痕延伸到臉孔，因此自額頭往下，臉皮裂成一大、一小兩邊，脖子則嚴重歪曲，讓不成形、猙獰的頭，傾斜在一邊，它欲抬頭，不意——一顆眼球掉出了眼眶。

它一步一步，朝冰櫃室門口而來，渾身上下佈滿細霜、碎冰，冰屑一路紛紛往下掉，那顆眼球，跟著一搖、一晃地顫幌不止。

門口那群人，不知是誰，發出野獸般粗嘎吼聲：

「快跑啦！」

緊接著所有的人員，沒命地拔腿就跑，霎時一轟而散……

而屍體依然，持續地一步一步往前……

第一篇

回魂藥

唐東玄行色匆匆，擰緊劍眉，一面走，深邃星眸一面留心的四下尋望……

「鬼市」土地公，派了陰差，傳來緊急訊息，聽說有一群人生病，不曉得從哪打聽到消息，說什麼——到「鬼市」請了藥，一吃下去，身體馬上變好、變健康，甚至連任何絕症都可以醫好。

消息愈傳愈廣，傳得沸沸揚揚……

唐東玄問陰差，那些人住在哪裡？確定是到「鬼市」拿藥？「鬼市」裡是誰給的藥？到底這群人生了什麼病？

一連幾個問題，陰差卻只回答：「這一切都只是聽說，並沒有確切來源。」

「那麼，『鬼市』裡是誰拿出來的藥？土地公清查過嗎？」唐東玄又問。

陰差遲疑了很久，說：「土地公只說出梗概，交代我照祂說的，陳述給唐先生，所以我不知道祂是否清查過。」

交代完，陰差急急回去覆命，把問題留給唐東玄。

因此這陣子，唐東玄不管白天、黑夜，每天都出門尋覓，事實上，放眼看，哪個地方沒有病人？如何找起？

還有，生病了就該去看醫生，陽世間的病人，不是該看陽世間的醫生嗎？

據唐東玄所知，曾經有一些人，誤闖進「鬼市」，「鬼市」也曾經幫過那些人，解決他們的困境，但是卻沒聽說過「鬼市」會拿藥治病，更誇張的，是居然可以治療絕症？

到底是誰傳出這個消息？又是誰在給藥、替人治病？又是誰胡亂扯上「鬼市」？

眞是的！

唐東玄爲此事，沒日沒夜找遍多少地方，方圓百里內找不到，他準備再擴大範圍：兩百里、三百里……甚至方圓上千里，都得把給找出來。

當初發誓修行，就是想隨緣渡眾，倘或眾生有難、有病、有困苦，他當然也是盡力而爲呀！

雖然，明知道不容易，他還是願意幫忙需要幫忙的人呀！

他已忘記到底忙碌了幾天、幾夜、幾個月……

這一天早起，唐東玄做完早課，拿起隨身袋子，準備出門，忽然轉頭望去……噫？

窗外，一縷曼妙倩影，閉月羞花的精緻臉顏上，一雙明眸，灼切地與他對望……

本以爲是幻影，他再仔細一看，居然不是幻影！

之前跟她數度起衝突，還記得第一次，他想警告林杰茂，她卻跟他說：你白費心思。害他意圖救人的任務，宣告失敗。

接著幾次，她罵他偷窺、說他行爲不檢點、害他把守得緊密，幾乎從來沒有出過差錯的修養以及澄淨的心境，氣得差點破功。

印象最深刻的那一次，是那個徐彩香鬼魂犯了數起殺人案，殺死了好幾個人，他幾乎已經可以手到擒來了，竟然讓她——眼前這個不知名的女子——輕鬆地給放掉了，最後居然還說：「先把你我之事，說清楚，處理好。」

天呀！一個他完全不認識的女子，何時曾有過節？害他超尷尬。

那時他實話實說的回她：「我們哪有什麼事？」

現在一回想，當時應該加一句：妳誰呀？我認識妳嗎？

「好，既然沒啥事，你爲什麼躲著我？害我到處找不到。」

古人有句話，還眞是貼切：秀才遇到兵，有理說不清。

思緒走到此，一股怒氣，無端升上來，但是向來自忖「修養」頗好的唐東玄，馬上熄滅這股怒氣，並暗中告誡自己：不！不能動怒！正事要緊。趕快調查土地公交代的事吧。

思緒百轉間，也只是一刹那間而已，唐東玄很快收回星眸，轉身走出書房……

到了客廳，他筆直往大門去，走不到幾步，突然，感到腰際再往下一點，撞上了什麼東西，他伸手一摸，哦？是一根長條物？但卻看不見？

微一愣怔，靈台一閃，他突然明白了！

是「隱身術」！但是可以練到沒有破綻，很不容易呀！除非是天生有特殊能力！

他伸出右手掌，輕觸到細條物，加緊手勁，握住再順著細條物，向右邊滑過去……

突然，唐東玄下手臂被看不到的東西重重地猛拍一下，緊接著他右邊面前，大約在他肩膀處，出現一顆頭，由上往下，徐徐出現……

一頭秀髮下，出現曼妙身影，嚇然是窗外那個女子，兩個人身子幾乎快碰到了。

唐東玄相當訝異，自己眼拙，幾次見面，居然看不出來這個女子，是高手！

再一回想……對啊！自己浮立在林杰茂家的五樓窗外，她不也是浮立著的！

女子一張娟秀姣顏，像蘋果般紅豔，但因爲生氣瞪住唐東玄，使得一雙眼睛露出凶戾眸光：「放手！還不快放手！」說著，她用力掙扎，卻掙不脫唐東玄的手腕。

唐東玄低頭看，這才發現是自己唐突了，急急放開手，原來細條物是她的手臂：「對……對不起……」他可以感到自己的臉頰，好像被火炙般的燒燙起來。

女子甩甩微疼的纖細手臂……這會，唐東玄忽然想起，這裡可是自己的家，該道歉的是她，不是自己呀！

但立刻回想：修養，記住我是個有修養的修行人。小事……就算了，不過還是要教訓她幾句。

「妳又偷窺，到我家偷窺，還隱身……」

「哼！」女子仰高臉，才對得上唐東玄的臉，這會，娟秀姣顏已褪盡紅霞：「你躲著我，我只好找上門。」

她的話讓唐東玄想起，之前對她的印象，她的行爲舉止讓他不敢恭維：「我幹嘛躲著妳！我何必躲妳！妳究竟是誰？」

「白素音！」

「哦，白小姐。」唐東玄點頭：「妳到我家……到底有何貴事？」

唐東玄硬是把「偷窺」兩個字省略掉，數度見面，他有點了解，她脾氣反覆無常、喜怒無常。

「唐東玄，你硬是省略『偷窺』兩個字嗎？」

「妳……妳知道我……？」大訝後，唐東玄瞬即明白，她可能聽過別人喊他名字。

「我眞的有重要的事，想問你，你認識一位……陸少翔？智空法師？」

唐東玄搖頭。

「你再想想看，以前……是不是你曾認識過、聽過，但忘記了？」

唐東玄聚攏著帥氣的劍眉，眞的用心想了想，搖頭、再搖頭。

白素音頹萎地退一大步，喃喃說：「爲什麼，那麼像……？談吐氣質、神情，都……尤其是那眼神……」

低喃唸罷，白素音神情黯然又淒楚，步伐踉蹌地轉過身，竄向窗口外，消失了。

搖搖頭，好像送走了瘟神，唐東玄感覺鬆了一口氣，邁開腳步也走了出去。

黑漆漆、暗濛濛的夜色下，只見一群人，有老弱婦人、有牽著小孩、也有青壯男子……大約一、二十多人左右，排成一列。

這些各色各樣的人，唯一的共通點，就是病，他們都有病！

有瘸腿、有捂緊胸口、有愁眉苦臉、有瘦到只剩骨架者……不一而足，不知排了多久，開始傳出低聲報怨，漸漸聲量高昂起來……

「還要等多久？」

「我受不了，我快死了！」

「時間還沒到嗎？」

「哦！眞是！」

「唉！唉唷！我站不住啦！」一位老婦人搖晃身子，蹲坐在地上。

忽然一個年紀不到二十的女孩走過來，看到她的人，會忽略掉她的五官，只會注意她臉上膚色一半焦黑、一半白色，因爲太明顯了，排隊的人，有的閃身、有的遮住自己雙眼、有的退却數步……

女孩瞪那幾個人一眼，霸氣地說：「怕屁呀！怕就不要來！趁早給我回去！」

排列的一群人，都垂下頭，其中一位五旬婦人，藹然說：「阿官姑娘，沒啦，沒人怕妳，妳是大好人欸。」

阿官冷哼一聲，長髮一甩，口氣還是很霸道：「排好！跟著我走，要開始發藥了。」

於是隊伍跟在阿官身後，向前而去。

蹲坐在地的老婦人，拉拉剛才出聲的五旬婦人的衣角，低聲問：「阿雀仔，眞的有藥可以拿？不要錢？」

「王嬸，都跟妳講了幾百遍。我孫子癌症一年多，台灣頭看到台灣尾，找遍醫生，他就是愈來愈嚴重，我一個月前來『鬼市』拿藥，耶！只拿三包，妳也看到他活蹦亂跳，有沒有？」阿雀仔愈說愈興奮。

王嬸點頭，就因爲聽阿雀仔這番話，她今天才跟著來，不只是她，阿雀仔還四處宣傳，人愈聚愈多，絕大多數是絕症，但王嬸擔憂的，是另一件掛心事……

終於目的地到了，那是一條狹窄的產業道岔路，岔路上飄揚著一支旗幟，上面兩個大字：「鬼市」。

走了幾分鐘，路徑由狹窄漸漸變得寬廣，兩邊排滿攤販……

走在最後面的唐東玄停腳，晶亮星眸掃視間，發現路口並沒有守衛，也沒有土地公廟坐鎮。

最明顯的，是「鬼市」並沒有旗幟！

一路往內走，兩旁的攤販，好像也不太對勁，怎麼說？就是怪怪的，哪裡怪？又說不上來。只是他心中有譜了：皇天不負苦心人，終於讓我找到了。

其中一個最大攤販前，除了老闆，還有幾位姑娘幫忙，人群開始排隊，一個一個向攤販老闆說出患者病因，攤販老闆聽了點頭，命一旁的阿官姑娘從抽屜內拿出一包藥給求藥者，求藥者欣喜若狂地掏出口袋內所有的金錢，恭敬放在桌上，才退回去。

有時攤販老闆會向求藥者說：「這藥只能暫時緩解病痛，一個月後再來拿藥。」

病因不同，有的失智、有無法行走、有絕症、有癡呆、有血癌、各式各樣的病……所以攤販老闆講的期限不等，有些要半個月，有的則要兩個月，甚至幾個月後，不管怎樣，求藥者都很恭謹，懷抱著高漲的希望回去。

輪到阿雀仔，她囉嗦了一大堆，說她孫子好多了，藥果然很有效……攤販老闆笑笑，頭一歪，阿官姑娘馬上從抽屜裡拿出一包藥，交代阿雀仔一個月後再來，阿雀仔歡天喜地，差點就要下跪地奉上口袋內所有的錢，臨走還向王嬸打個眼色才離開。

輪到王嬸了，攤販老闆凝眼看她，她未語先掉淚，還跪了下去，阿官姑娘忙扶起她，她危顫顫地開口：「老闆，我沒有錢，可是我要救我兒子，拜託您……」

攤販老闆皺緊眉頭問：「妳兒子什麼毛病？」

「他喔，他是個又乖又孝順的好孩子，我靠他養活我，我……」

攤販老闆眉心皺得更緊了，截口道：「我是問妳，他什麼病？」

「他喔，」王嬸聲淚齊下：「嗚～～～他被酒駕的車子撞死了，嗚呀……」

阿官姑娘搖著王嬸肩胛問：「死了嗎？一點氣息也沒有嗎？」

王嬸說不出話，只一勁地哭哭哭……阿官轉看攤販老闆，老闆輕輕搖頭，阿官把王嬸扶到另一旁，讓下一位上前求藥，同時也由另一位姑娘幫忙。

「我……我的藥呢？」王嬸錯愕地問阿官：「因爲我沒錢嗎？」

阿官尚未回話，王嬸又哭了：「我聽我鄰居說，你們可以治百病，起死回生呀。」

「嗯……我不知道，我們老闆……」

王嬸突然轉身，趴在攤販老闆前，跪下磕頭，撕心裂肺地喊：「求求你救救我兒子，拜託用我的命頂替我兒子，我老了沒用，我兒子還年輕，拜託……」

不管王嬸如何求、如何拜託，阿官姑娘硬是把她架離攤販很遠處，王嬸趴在地上痛哭，終於哭暈厥倒在地。

夜更深，攤販們手腳麻利地收拾罷，人群散盡，整條「鬼市」街道頓時陷入一片空幻悽寂，了無蹤跡，此地似乎完全不曾存在過「鬼市」。

阿官領著幾位姑娘收拾物品，看她們收拾得差不多了，唐東玄龍行虎步地走到攤販老闆面前，兩人四目互相對望……

「你到底是誰？」唐東玄星眸特別燦亮，想看出這位老闆的底細。

老闆冷然一笑反問：「你怎麼會來這裡？」

阿官和幾位女子同時停止手上動作，一齊轉頭望過來……

「我追蹤到這裡，只想一探究竟是誰膽敢模仿幻化出『鬼市』樣子？膽敢喬扮攤販？膽敢騙人？」

「我沒有騙人，你去問問那些人，吃了我給的藥是不是病都好了？」

深邃眼眸一瞇、瞬間又張開，唐東玄已看出眼前這位老闆自己也有病，很重的重病，只是他仍然看不出老闆的身分，奇怪的是老闆知道他？

唐東玄點點頭，朗聲道：「既然這樣，你怎麼不吃自己的藥？治療自己的病？」

老闆神色倏地變化多端，兩眼眨了眨，口吻依然蠻橫：「我知道『鬼市』準備很多藥，專門……」

「胡說！」唐東玄乍然變臉，嚴肅中帶著懾人威嚴：「鬼市有鬼市的規約，哪能容人模仿、造假、亂給藥？」

顯然老闆被嚇一跳，整個人往後退半步，但仍然色厲內荏，轉頭向阿官說：「收拾好了沒？走吧。」

「是。」姑娘們異口同聲，身影隨同話罷而消失。

唐東玄看一眼姑娘們，又轉頭看老闆，老闆身影即將消失，唐東玄迅捷伸手一抓，卻撲了空，但是手卻撈到一條淡紫色、上面繡著花的絲巾……

唐東玄攏聚劍眉，翻轉絲巾，嚇然看到絲巾一角繡了三個字：

白。素。音。

被彈出來的剎那間，王青良整個人都懵了。

徐徐立起身，他前後左右看了看，周圍全是陰闇又陌生。

他甩著劇痛難當的頭，抓抓脖子，努力地又環視一眼。

這是哪裡？他來這裡幹什麼？又要往哪去？

接著周圍由陰闇、轉微濛、轉微亮、漸漸明朗，頭部劇痛的感覺，稍稍緩和了，他才發現這裡是十字路口。

現在呢？回家嗎？還是……呀！

忽地憶想起來，公司，他記起來，他有工作，可是什麼樣的工作呢？他倒忘記了，好像……他曾經很忙，那就是公司的工作吧，但忙些什麼？完全想不起來。

他嘆了一聲，既然想不起來，就走吧。

咦？十字路口圍了一群人，還有，好幾部車子，車子紅光一閃、一滅，好像很熱鬧。

往哪走呢？喔，頭又疼痛起來，他搖晃著頭，似乎，疼痛減輕了一些，可是，意識還是有些模糊不明。

就在他想舉步時，旁邊突兀冒出一縷……一縷線條，逐漸擴大、往上……

王青良眼睜睜看著線條冒上來，幾乎跟他一般高，嚇！

線條是一道人形，但整個呈透明體，它徐徐轉望過來，與王青良對上眼！

王青良看到了，透明人形長相跟他一模一樣，呆愣間，王青良試著偏歪著頭、閉著一隻眼、搖頭……

透明人形完全不為所動，直挺挺地死盯著他……

王青良有點了解了，如果是他的影子，或是鏡子的倒影，它應該會隨著自己的動作一樣閉一隻眼、搖頭，可是它完全沒有。

不過它長相怎麼跟自己一樣？再說，影子是黑色，眼前它卻呈奇怪的透明體。

就在這時它伸出只有線條的透明手，要碰觸王青良，王青良急忙閃開、同時向前奔跑。

就擔心它是什麼鬼怪、不祥之物，要被碰到了，不知道自己會變怎樣？跑了一陣，他停腳，劇烈的頭痛感又來了。

他不喜歡這種感覺：頭痛、意識不清，走路、行動都不對勁，閉上眼，他拍拍頭，柔柔太陽穴，再睜大眼，唉唷唷，這裡又是什麼地方？

不遠的前面，燈光昏黃，可是行人如織，熱鬧非常。

他提起腳，忽地感到身軀輕飄，尚未跨出步伐，人已經融入了來往的行人中，兩邊攤販，櫛比鱗次，竟然是夜市。

跟著行人走，觀望著兩旁攤販，王青良幾乎忘記了頭痛這回事。

忽然一個大約十歲的孩童撞上他，雙手在他身上一抹，他低頭望去，褲管上出現兩條暗紅印漬，他皺緊眉頭……

這時孩童很快轉到他身後，他回過身看，孩童苦著臉：「大叔，行行好，救救我，拜託，拜託！」

「喂，你手那麼髒，弄髒了我的褲子啦……」

「沒……哪有。」孩童說。

「還說謊？」

王青良低頭看自己褲管，正欲開罵，突然發現褲管上的兩條暗紅印漬已不見。

「大叔，救救我！」

孩童拽著王青良衣服，把他給往後轉，孩童力量應該不夠大，可是王青良卻無法控制自己，整個往後轉，孩童躲在他後面。

前面遠遠的走過來兩個人，一面走、一面呼喊：「小杉，給我出來，讓我逮到，你就死定了！」

「小杉，趁我生氣之前出來，不然，有你好受的！阿～～杉～～」

王青良感到背後衣服在抖動，應該是躲他身後的孩童在顫抖。

兩個人一副凶神惡煞狀，一邊走近、一邊起了大變化：一個是臉削掉一半，頸脖突兀地破了個大洞，鮮血狂噴不已；一個是右下臂不見，接著整條左臂也不見，然後是一雙小腿齊膝消失了，但是他仍然繼續往前走。

王青良驚詫得目瞪口呆，久久無法自己……

經過王青良時，沒有小腿的那個人，驀地轉頭，瞪他一眼，惡聲惡狀呸了口痰，叫他別擋路。

隨著兩個人往後走，躲後面的孩童閃躲到王青良面前。等兩人走遠了，孩童呼了口氣，拍拍胸口。

愣了很久，王青良醒悟地問道：「你是小杉？」

小杉點頭，道聲謝，就要往反方向跑，王青良拉住他後衣領：「等一下，我有話問你。」

小杉回頭，天真小臉蛋一片清純。

「他們是誰？爲什麼要抓你？還有，你明明躲在我後面，他們怎麼沒對我出手？」

「大叔，你問題眞多啊。好唄，我一個個回答。它們是惡霸，不只是我，也欺侮很多其他人。大叔是新來的，能量……比我們都強盛，所以它們不敢欺侮你。」

聽了，還是一頭霧水，王青良環視周遭，又問道：「這裡是什麼地方？還有，那兩個人很恐怖欸，一個去掉半邊臉、一個沒有手腳，居然還能走，你都不怕嗎？」

小杉聳聳肩，回道：「什麼地方呀？我也說不上來。以前我就在這裡了，要說到恐怖……也還好啦。大叔，你看看我。」

話罷，小杉乍然頸脖歪斜，一顆頭齊頸而斷，呼嚕嚕滾下地，頸脖斷處，數百、數千、數萬隻蛆蟲，爭先恐後地由身體裡狂冒、狂擠出來，簌簌往下掉，蛆蟲太多了，甚至有彈跳出來的蛆蟲，居然跳到王青良身上來。

「鬼！鬼啦！」驚聲喊著，王青良嚇得閃開小杉，往前開跑。

跑了一陣，王青良終於停下腳，是沒有氣喘之感，習性讓他捂住胸口，放眼看閒逛的行人，全然無視於周遭的可怕。

綿長的路似乎無止境，又走了一段路，王青良想回去，卻不知道出口在哪，他隨口問了幾個人，他們都只搖頭，這未免讓人起疑，王青良細細觀察，發現他們有如行屍走肉，明確的說，是魂不附身。

他告訴自己：「不行，一定要想辦法離開這裡。剛剛好像從那一頭走過來，所以我現在得往回走就對了。」

提腳往回走，走不到幾步，頭又劇烈疼痛起來，還一陣緊過一陣，使得他身軀傾斜、放緩腳步。

忽然有人戳他肩膀，他回過頭，瞪大眼望去，嚇！長相跟他一模一樣，只有線條，身體呈透明的形狀。

王青良尖聲狂吼：「怎麼又是你？」

透明人形猛搖手，同時伸出另一隻透明手，指指自己下半身，王青良往它下面望去，呃！它的下半身是黑色的！

「你，你，你，不是……」

它點點頭，不語。

王青良困惑地眨眨眼，所以……在……在這個奇怪的地方，會有跟自己一樣的許多怪人？

以前生活忙碌，從沒注意到其他問題，現在怎麼啦？是發生了什麼事？

半透明半黑的人形，朝自己移過來……王青良不等它靠近，慌亂地拔足狂奔，繼續向前跑。

奔行了一大段，放緩腳步，可以看到前面是暗黑一大片，王青良略爲鬆了一口氣，看來出口就在前面了。

走到前端，左方旁邊有一間範圍不太大的小廟，就是一般常見的土地公廟。廟前有位頭髮、鬍鬚都白了的老頭，正朝王青良的方向招手……

王青良回頭看看，身後都沒人，左右也是空空的……老頭慈眉善目，看起來還算正常，他迎上白髮老頭眼睛，伸手指著自己，老頭點點頭：「對，就是你，新來的。」

王青良提腳走到白髮老頭面前。

也沒看到老頭有什麼動作，只一眨眼，他手上多了一本紙質古老得發黃、瘦長形的老舊書本，問道：「新來的，什麼名字？幾歲了？」

王青良這才感到，老頭看起來還算正常，其實……也是有問題哪，不過還是先了解一下再說。

「王青良，今年二十九。」

老頭翻閱著長形老舊書本，頷首：「有了，王青良，今年……」

「請問您貴姓，這裡是什麼地方呀？」王青良截口忙問。

老頭抬起眼，王青良看到他連上下睫毛都是白色的，只聽他開口道：「果然是新來的，什麼都不懂。我是地方神祇，大家都稱我土地公。看到我都得向我跪拜。」

聞言，王青良立刻跪了下去，土地公略顯意外，會向他跪拜的，大都是婦孺、小孩，雖然中壯年男子也有，但爲數不多。

「起來說話。」

「拜託土地公，告訴我，我該怎麼回去？我找不到路，偏偏又遇到許多奇怪的人。」

「回去？」土地公訝聲：「你已經回來了，還要回哪裡去？」

「這不是我家，這裡……」

「起來說話。」

「不，拜託你告訴我，我……」

「這是我的職責，我當然會告訴你，起來好說話。」

王青良站起身，土地公露出嘉許眼神：「對嘛。通常陽世間人死了，都被說：回去、回老家。你沒聽過？」

王青良張大口：「聽過，可是，我沒有死，我只有頭很痛而已。」

「你已經死了。你沒看到十字路口有許多車子嗎？還有救護車？那裡發生車禍，你騎機車，被酒駕、超速的車子撞飛，頭破裂了。」

「不，不，不可能，我……」王青良渾身顫抖，無法置信。

「唉，讓你回去一趟看看吧。」

土地公話罷——瞬間，王青良杵立在一個十字路口，他認出來了，這地方是他每天上下班必經的路程，接著方才土地公敘述的情況，像走馬燈在他眼前演出，最後救護車把躺在地上了無氣息的他載離開。

上述情形宛若幾個念頭閃滅之間，來不及傷懷，王青良旋即又站在土地公面前。

惘然呆愣一會，王青良瞬即變臉，大聲叱道：「我不信！一定是你騙我。」

「嗯，你回頭看看在這裡的所有人，仔細看看它們的樣貌。」

王青良轉回頭，嚇！來來往往的行人們，全都殘缺不全，有肢體身軀重殘；有雙手捧著自己斷掉的頭；有男男女女、有孩童；有剛出生的嬰兒，飛行在空中；有頹喪、動作遲緩的老病亡者；有殘魂身上還掛著醫療物品……

王青良愈看、愈往後退，退到小廟台階，無力地癱坐下去，雙手掩住臉，久久無法開口，先是哽泣，繼而悲啼，終於放聲嗥哭……

不知道嗥哭了多久，白色淚水轉成紅色血水，可是深切的傷痛不可抑制地整個侵襲著他。

哭聲稍歇，事情還是得繼續下去，王青良抹掉血淚，他有諸多疑問，土地公一一解開他的問題：

這裡是「鬼市」，會走進「鬼市」的人，必有其特異原因。剛踏入「鬼市」，所看到的種種幻象，跟這人腦海的思緒有關，所謂：相由心生，亦隨心轉。

魂體也會根據生前亡故原因，出現各式現象，例如：溺水亡者，會呈現水鬼樣貌；因火亡故者，會通體漆黑；其他更有諸多樣貌，無法一一列舉。

至於王青良遇到的兩個透明體，都是他自己的魂體。

人有三魂七魄，新亡故者的三魂，通常會緊跟在一起，經過幾個時辰，將隨著亡者而分化，例如：一條魂體會留在出事地點；一條魂會跟隨屍體；一條則會據亡者生前的信仰，或留在供奉的牌位，否則就跟著屍體火化而消弭。

人生前的意識，會分化給三道魂體，因此每條魂體只擁有生前部分的記憶，因此會顯得意識模糊，思緒也無法集中。

然後經過七七四十九天，亡者生前的功過是非，經過論定了後，亡者將會隨著業力而去該去的地方，同時魂體將因此產生變化。

例如善良之輩的魂體，會顯現青白、透明；反之，若是爲惡者，魂體會轉變成各種色調，看到色調，大約可以看出此人生前所屬類型。

聽罷，王青良的血淚，又往下流淌，獲悉鬼市的密事，更獲悉自己已經列入鬼類的同時，他的臉容產生了幻變，變得猙獰、可怖——當然這只是在一般人眼中看到的，畢竟人類與鬼類，樣貌有別。

「不，你說那麼多，我聽不下去，我只知道，我尙有未了之事，我不甘心……我想回家，我一定要回家，我……」

「幾乎每個新亡者，都像你一樣，死得不甘心。」土地公略顯同情地看著他，輕聳肩膀，嘆口氣：「可是，『鬼市』的鐵律，無法改變。」

「碰！」一聲，王青良跪下去，緊接著整個身軀趴在地上，不斷磕頭……他磕得頭破、骨露，還繼續磕，頭蓋骨也裂了……他還愈磕愈用力。

一隻猙獰的鬼，磕頭磕到血肉糜爛，它的決心，眞的不可小覷。

「起來！」

土地公大喝一聲，一股無形力量，讓王青良倏地凌空而立，糜爛的頭瞬間恢復，血止肉合，他變回原來形貌。

他還想跪下去，無奈掙不過那股無形力量，全身無法動彈，只剩嘴唇可以說話。

「唉，告訴我，你眞正想回家的原因。」土地公睜大圓鼓鼓的雙眼，燃起兩團火焰。

「我……我媽媽，獨力扶養我和弟弟，我弟弟不聽話、常惹事，我不在了，只剩他，我得回去告訴他，要孝順、要聽媽的話。」

說到後來，王青良泣不成聲。

土地公一對白眉，皺得緊緊，他嘴裡喃唸一陣……攤開手掌看了看……

「王青忠……」

王青良聽到土地公提起弟弟名字，停止哽泣，望著土地公。

土地公搖搖頭，接口：「你以前勸導過他，他有聽？有改過嗎？」

王青良垂下變形、紅通通的鬼眼，一會又抬起：「那是因爲我也在家，他認爲哥哥扛起責任就好，他喜歡交朋友，他……」

「夠了！推託之詞，你也相信？唉，你跟你媽寵壞他了。」

「這點我承認，我們小時候經歷過的苦，他一定還記得，我……我已不在家，我相信他會改變。」

說到這裡，王青良兩道怵目驚心的血淚又掛下來。

「既然相信他會改變，你又何必白走這一遭。」

王青良頓然無話可接，只是血淚如泉，狂噴不止。

「我沒告訴你，觸犯『鬼市』規約的後果……」

「我願承擔一切，不管任何後果，我都願意承受……啊！呀……」

說著王青良傷慟不止地癱跪在地。

看他那模樣，土地公可以理解他擔憂母親的一番心意，唉！人，就是這樣，難敵業力！

土地公閉上眼，靜默了一會，微一頷首：「起來。」

王青良沒有起身，依舊跪在地上，只是他已停止了哀泣。

「這個，你吞下去，在人間可以維持七天。」

聽到這話，王青良慌忙起身上前，雙手恭謹地接過土地公手掌上的一顆墨綠色、方形小丹藥。

「記住，七天，你的期限一到，必須趕快回來。」

「這是……？」

「回魂丹。如果期限內，你還不回來，一切嚴重後果，你得自負。」

因為嚴肅，土地公的臉轉成厲黑色。

「嗬～～哇～～」

突然一聲衝天嚎響，震驚了所有的人，一位化妝師被嚇得渾身一顫，手上一根化妝筆掉到地上……

「見鬼了！」

「噓！在這裡不能講這個字啦，這是禁忌，快去看看出了什麼事。」

一名資深男工作員說著，當先跑進最裡面冰屍體的冰櫃室，推開厚重的門，入眼之下，他「蹬蹬蹬」後退數步，他身後接著陸續跑進數名工作人員，包括那名化妝師。

裡面很冷，所有的人都臉現錯愕表情，忍不住打著哆嗦，堵在門口，沒人敢踏進冰櫃室。

只見負責冰櫃室的工作人員仰跌在地上，他上方的一口冰櫃被拉出三分之二。

仰跌在地的工作人員，看到這麼多同事，膽子壯大不少，不過還是慌忙地轉身，渾身戰慄往門口爬行過來。

被拉出大半截的冰櫃上，應該躺著的屍體，嚇然是坐著的，划動僵硬的雙臂，支撐著上半身，企圖爬出冰櫃。

所有的人全被定住身軀般動彈不得，眼睜睜看著冰櫃上那具屍體，困難地以摔出冰櫃的姿態，蹦落下地：「碰！」發出沉悶重響。

這聲響驚醒門口的眾人，心口、身軀俱都猛震一大跳，同時紛紛往後彈退著。

屍體似乎不感覺痛楚，徐徐站起身，它穿了一件短褲，整個人像一根冰柱般死灰白，連短褲都硬化僵直，它渾身上下佈滿細霜、碎冰，冰屑紛紛往下掉……

它後腦杓只剩半邊，另半邊不見了，頭頂破個大洞，洞的裂痕延伸到臉孔，因此自額頭往下，臉皮裂成一大一小兩邊，連脖子也嚴重歪曲，讓不成形、猙獰的頭傾斜在一邊。

它僵硬的頭很努力地想抬起來，因重擊而掉出眼眶的一顆眼球，隨之而顫幌不已，它一步、一頓，往冰櫃門口走過來，門口那群人轉身欲退，膽小而早躲在人群後面的更是拔腿就跑，工作人員霎時一轟而散。

幾乎整間殯儀館都沸騰起來了。

接獲通知，王青良的媽媽，王嬸火速趕到殯儀館，她抱著一大包東西，氣喘吁吁地跑向會客室。

她看到一邊坐了三、四位殯儀館的工作人員，兒子王青良坐在另一邊角落，渾身都是傷痕，頭俯得低低。王嬸欣喜地想：天呀！我求到藥了，兒子活過來啦！

王嬸眼角噙著淚，抖開手中大包包，掏出一件長褲、上衣、套頭的厚重外衣，顫抖著手，費勁地替王青良給穿上。

「唉唷，你身體怎麼那麼冷？可別感冒了，會冷嗎？」王嬸一迭連聲問。

對面那排工作人員全看傻眼……

在他們眼中，坐在面前的這個……形容猙獰、恐怖的、已經亡故數天、冷凍過幾天的屍體，即使再活過來，非妖即鬼；不然也是……殭屍，沒人敢靠近，都躲得遠遠的，可是王嬸一點都不害怕。

王媽媽顫抖的手，不斷輕撫著王青良臉上、頭上、身上的傷痕，心痛至極地直問：「痛不痛？」

看她那模樣，如果可以的話，真想代兒子受過。

一位陳姓資深工作人員告訴王嬸，他們殯儀館的驗屍人員已做過初步檢查，查不出什麼異狀，建議她送王青良去醫院做精密檢查。

「謝謝，謝謝，麻煩各位費心照顧了。」

王嬸向他們不斷地鞠躬道謝，並說目前先帶兒子回家，洗個熱水澡，讓他好好休息，她會帶兒子去醫院。

王嬸帶著王青良搭上計程車，殯儀館工作人員鬆了口大氣，接著議論紛紛、發表意見……

據裡面最資深者說，曾經歷過、聽過亡者復生事件，那都是在宣布亡故不久、又發現心臟會跳動的狀況。

像這樣亡故多天、又冰凍幾天過，復生的機率微乎其微！在零下幾十度低溫冰凍過，應該也會被凍死，哪可能還能復活啦？

王青良這個特異案例，一時之間，成了他們茶餘飯後的閒談主題。

王嬸去藥局買了一堆棉花、紗布、繃帶、碘藥水，替王青良簡略消毒臉、頭上傷口、用紗布團團繞緊、包紮，還以支架勉強支撐著脖子，至於掉出眼眶的那顆眼球，王嬸沒辦法處理，就讓它持續顫幌著，她打算明天一早，趕快帶他去看醫生。

這種事，若非有深濃母愛，誰敢做？

王嬸放熱水，讓他清洗身子。但不管用多熱的熱水，王青良泡過後，身體始終是冰冷的，還有他幾乎變了個人，舉止很慢、話少、反應遲緩。

他像個木頭人，一個指令、一個動作，問他話，也不會回答。王嬸弄了一點稀粥，他只喝了幾口，就不想吃，王嬸只好帶他到房裡休息，他平躺在床上，睜著眼，滿臉渾噩而呆板。

遇到這麼重大事件，王嬸都慌亂了，輾轉在床上，想東想西。

半夜裡，有人按門鈴，王嬸立刻跳起來，果不其然，正是王青忠，他兩眼無神、滿臉疲憊。

「我打你手機，叫你快回來，你怎不接啦？」王嬸劈里啪啦，連聲低喊，她擔心把王青良吵醒。

「這不是回來了嗎？我很累，讓我休息。」

王嬸一把撈住王青忠衣領，往後拖到客廳沙發，兩個人落坐到沙發。

「拜託，媽，有事明天再說不行嗎？非得要現在……呵……」王青忠打個大哈欠。

「告訴我，你最近都這麼晚回來，到底在幹嘛？」王嬸聲音壓得更低。

「都在……」賭博兩個字差點脫口而出，王青忠連忙改口：「賺錢呀。」

「騙誰！什麼工作要在半夜上班？你老實說。」

「媽，我說過了，我要賺很多錢給妳，妳忘記啦？」

「我只知道，你天天跟我要錢，說！你到底都在幹嘛？」

王青忠伸出雙手，做出打牌手勢，王嬸氣得差點腦充血，低喊著：「賭博？你又給我去賭博？一定又是你那群狐朋狗友拉你去的……」

「媽，不要這樣，人家報我賺大錢，妳怎麼汙衊我的朋友啦？」

王嬸忍不住掉下淚來：「也不想想，你哥哥發生車禍才幾天，你居然變本加厲，天天跑去賭博！」

「嗨，我知道，」王青忠因過度疲勞，眼睛布滿血絲：「就是因爲哥哥死了，我要扛起責任養妳，才想賺很多錢，讓媽日子好過，拜託！我累了，讓我休息吧。」

「別找藉口了！每次都這樣講，結果呢？怕青良知道，我還得偷偷替你還賭債，你不是一再說要戒賭啊？」

王青忠不耐煩地嘀咕著：「好了嘛，我這不是回來了！有事明天再講。」

話罷，他起身轉向通道，卻突如其來的狂嗥一聲，整個人倏地連連後退，因過度驚懼，腳絆到一隻矮凳仰跌在地，他伸出顫慄手指，指著站在通道口的王青良，上下唇顎顫抖得說不出話。

王嬏迅速起身走向通道口，拉住杵立著的王青良臂膀，向王青忠絮絮道出一整晚，連環扣他手機，叫他趕快回來，就是因爲青良回來了。

過度意外，加上驚駭，之前看過哥哥亡故的殘軀，眼前這個……哥哥雖然包著紗布，仍可看出頭頂破裂的大洞，裂痕使臉孔歪扭，自額頭往下的臉皮裂成一大一小，連脖子也嚴重歪曲，使不成形、猙獰的頭傾斜一邊，尤其是掉出眼眶的一顆眼球，晃悠不停，更增幾分恐怖。

面前這個包裹紗布、上下是傷痕的王青良，在王青忠看來，哪是他哥哥？不啻就是一具詭誕、駭人的活屍。

「別怕。我去『鬼市』求到藥，你哥哥才能活過來啊。看，紗布也是我包紮的，包得不太好，眼睛……哦，明天再去看醫生了，這不重要，重要的是，青良活過來了。」

王嬏只記得那天，是阿雀仔喚醒她，到底有沒有求到藥，她也搞糊塗了，反正兒子活過來，一定就是「鬼市」的藥奏效了。

王青良一對鬼眼，直盯盯望住王青忠，舉止像木頭人，一步一頓、遲緩地走向王青忠……他有許多話，急於要對弟弟說，卻又無從說起。

眼看王青良就近在幾步前，王青忠的忍耐也到了極限，他爬起身，正面望著王青良，身體卻是倒退著走，準備往外奔逃，沒想到踢到藤椅椅角，整個人再度跌趴在地。

就在此時，一個笨重身軀突兀地奔前、趴在王青忠身上，他驚駭得掙扎、扭動，想把身後笨重身軀給甩掉……

突然，後腦杓被重力巴了一下，他回頭看，居然是王嬸，王嬸困難地爬起來大罵道：「你這不肖子，哥哥回來你不高興呀？想跑去哪裡？人家殯儀館的人都沒在怕，你是怎麼回事啦？給我起來！」

王嬸起身，依然強拉緊王青忠臂膀，不讓他跑出去，王青忠幾度掙脫不掉，只好保證他不會跑，討饒的請王嬸放開手。

王嬸放開手，強拉王青忠坐下。此時，王青忠的過度疲勞嗜睡感全都消失了，不時以眼尾瞄哥哥，不敢正面看他。

王青良坐到對面沙發，聲音斷續而沙啞，就像壞了的廣播器，無法聽得清楚：「不……怕……我……只是……回……回來告訴你……我……不在……了……了……」血水從單眼中流下來，另一隻垂掛著的眼，宛如浸泡過紅汁，整顆紅通通，往下滴淌著紅血：「你……一……一定要聽媽……的話，照……照顧媽媽……」

不曉得王青忠都聽清楚沒，他頭俯得低低的，狀似在點頭，倒是一旁的王嬸，涙水崩潰得如瀑布……她擤著鼻涕，岔口說：「他會的啦，你不必擔心。現在最重要的，是你要把病治好。明天一早，我要帶你去醫院。你這模樣，不說阿忠，鄰居、親戚看了都會怕。」

王青良搖頭，垂掛的眼珠跟著搖盪：「我……必須……回……回去。等我……把話……說……說完……」

「回哪？」王嬸突然厲聲道：「這裡就是你家了，你要回去哪裡？啊？我不可能讓你離開。」

「媽……媽……妳不……明白。我……這……是……拚了……………咳、咳、咳……」

王青良聲涙俱下……可惜，這只是一般正常人的症狀，他的聲涙俱下，看起來就像是鬼魅在咆哮、怒嗥。

王嬸一個不注意，王青忠猛然站起、屈膝、躬身，迅快奔向大門，拉開門，一溜煙跑了……

照以往的習慣，王嬸總是一早就出門，買王青良喜歡吃的燒餅豆漿，現在兒子回來了，她滿心欣喜地出門買早餐。

走到半路，阿雀仔迎面而來，王嬸打肚子裡笑出來，因爲她迫不及待地要告訴阿雀仔，王青良回來了：「阿雀仔，早喔！」

阿雀仔神色蒼惶地說：「我正要去找妳，那麼巧就遇上了。」

「哦？什麼事？」

「快來我家。」

阿雀仔急拉著王嬸的手就往她家去，王嬸來不及道出自家的喜訊，阿雀仔臉色焦慮說：「我孫子得癌症，我跟鄰居不是去『鬼市』請藥，第一次吃完，我孫子一下子就好起來……」

「活蹦亂跳！妳早跟我說過啦。」王嬸點頭。

結果前幾天，阿雀仔去請第二次的藥包，她孫子才吃一包，整個都不對勁了。

王嬸問：「怎麼不對勁？」

幾句話時間，就到阿雀仔二樓公寓的家，沒看到阿雀仔的兒子、媳婦，只看到沙發上一團……物事！

王嬸一看之下，一股惡寒，從腳底冒上來，她轉身就想往外跑……阿雀仔拽住她，忍了許久的淚水，不聽控地掉下來。

事實上，王青良的模樣，比眼前這團物事更恐怖，問題是——那是她的孩子，這點私心，抵掉王嬸所有的恐怖感。

「不要走！我兒子、媳婦一早跑去找相識的診所，我只能找妳商量。」

王嬸點頭，只能轉身，看清楚它……

它軟趴在沙發，寬不到30公分、長60公分左右，墊底是一團坑坑疤疤的……紅的是爛肉、綠的是血管、白的是脂肪和骨頭，上面平鋪著扭曲的五官：眼球、嘴、鼻、人皮、毛髮……

「這……這個是什麼？」王嬸期期艾艾地問。

「我孫子啊！昨晚餵他吃下藥，今天早上醒來，竟變成這模樣……」

「怎麼可能？一個好好的好孩子……」

「對，我也不相信，但是我跟媳婦、兒子，親眼看到它……」阿雀仔指著那團物事：「外面穿著我孫子的衣服，我媳婦把他衣服脫下來，就是這模樣。」

急遽的心跳，讓王嬸呼吸有些困難，她摀緊胸口！

阿雀仔說，前兩天，她陸續聽到好幾位到「鬼市」請藥的鄰居說，他們家的患者，服了藥之後，都發生許多不可解的異狀，想不到今早起來，她孫子也變成怪樣……

「都怪我，沒有提高警覺，我不該餵孫子亂吃藥。」阿雀仔愈說愈傷心地哭著。

突然一個念頭，竄上來，王嬸攢緊眉頭：「我問妳，去『鬼市』那天晚上是妳把我叫醒過來？」

阿雀仔抹掉一串淚水，點頭。

王嬸又問：「啊……妳有看到我手上、袋子內，是不是有拿到什麼藥？」

阿雀仔搖頭：「妳的手空的，攤販老闆沒有給妳藥，阿官把妳拉到旁邊，你忘記了。」

王嬸鬆了一口大氣，心中有幾分慶幸地說：「我也記得那天沒有拿到藥，都哭暈了。」

　　而眼前這坨物事該怎麼辦啊？兩人討論不出結果。這時阿雀仔的兒子和媳婦回來了，臉色灰敗而無精打采地說，診所醫生剛好出國了。回家路上遇到幾位都曾到「鬼市」請過藥的鄰居們，據他們說，有一位大名鼎鼎的唐東玄先生，聽說很有本事，曾經替許多人排除困難，尤其是疑難雜症、奇聞怪事之類的，大家想去求他幫忙解厄。

　　儘管有了寄望，兩夫婦還是很憂心，阿雀仔更是焦急，起身說要去找那些鄰居，趕快約時間，去找唐東玄。

　　王嬸看自己出來很久了，就跟著阿雀仔一起離開。

　　王嬸一早出門，並沒有注意到王家大門外，有三個人鬼鬼祟祟地在對面小巷道，探頭探腦，看到王嬸出門，三個人打個暗號，很快向王家而來。

　　「等一下，阿金，你沒看錯吧？」王青忠忽然拉住許招金臂膀問。

　　「你娘卡好！」許招金細小眼睛沒睡飽樣：「又不是沒看過你媽，我會看錯？意思是嘲笑我眼睛小嗎？我呸！」

「不是啦，我眞的很怕，怕死了啦！」王青忠拍拍胸口。

旁邊一位李火德，看來一副痞子樣，講話還抖著腳：「得了，就算死了又復活，了不起也是一具人體而已，有啥好怕？」

「你倆不怕，好好，你，你們先走。」王青忠扭頭看後面，擔心王嬸回來。

原來王青忠昨晚跑去找賭友許招金、李火德共租的小房間，窩在地上過夜，早把哥哥王青良恐怖狀況，加油添醋地敘述著。

腦筋轉得快的許招金，好奇地叫王青忠帶他倆來見王青良，尤其昨晚聽王青忠講得那麼可怕，他更好奇了。

王青忠拿鑰匙的手抖個不停，始終無法插進門上的鑰匙孔，李火德看不下去，搶過鑰匙，不費五秒，門就開了。

「欸，等一下……」王青忠兩手拉住兩個人。

許招金抖掉他的手，聲音難免提高了：「哪來那麼多狗屁『等一下』！你很囉唆！」

「不是啦，我忽然想到，我媽說過，今天要帶我哥哥去看眼睛……」

「知道，你說過了。」

「我看，我們還是改天再來，等他眼睛塞進眼眶……」

許招金舉高手，作勢捶他的頭：「老子沒那麼多時間！我們只看他一眼，馬上離開，你怕的話，去，出去外面等。」

王青忠苦著臉，低聲呢喃：「幹嘛一定要看那個……會走動的屍體啦？你們一定不知道，整間殯儀館的人都被嚇壞了，聽我媽說他們本想報警，我媽媽馬上阻止，趕去殯儀館……」

王青忠喃唸間，許招金、李火德已踏進屋內。屋子長方形格局，客廳的窗簾都拉得密不透光、也不透氣，看來黑漆漆。

右邊通道後，連著三間房，第一間王嬸住的，她剛出門，裡面當然空的。第二間房就是王青良的房間，王青忠可是躲得遠遠的，站在客廳通道首……緊張地盯著許招金、李火德，兩人打開房門探頭望……

「怎麼沒人？」許招金訝然說。

聽到這話，王青忠快步走進通道，直闖第三間，那是他住的房間，他想打包幾件可以替換的衣服。

王青忠迅速打包妥當，另外兩人氣急地謾罵著，說被王青忠騙慘了，想也知道亡故了的人，哪可能活過來？又回家？

扛著包包，王青忠準備退出房間，偏偏兩人堵在門口，許招金瞪著他、李火德撥弄著手指，揶揄地說：「死了又活過來，哪可能！除非是鬼！」

王青忠不發一語，只急著想退出屋子，許招金橫眉說道：「看來，你今晚還想住我們那裡？」

「那是當然的。」王青忠大言不慚地：「喏，衣服都準備好了。」

「好吧。都已交到你這個損友了，但是記得付房租。」許招金看一眼李火德，李火德要笑不笑的牽動嘴角。

就在他兩人轉身，面向通道前方時，忽然停腳不動……被擋在後面的王青忠個頭小，視線完全被擋住，他嘩啦啦的吼叫，要兩人快走，不然就讓路，話未說完，許招金、李火德不肯向前走，兩人側身、背脊緊貼住牆壁，果眞讓出中間狹窄的路，王青忠抬眼望去……一股惡寒打腳底往上竄，王青良直挺挺地杵在通道口！

王青忠這會猛然想起，原來王青良剛剛就坐在客廳角落。

不知道爲什麼，王青良全身上下包裹的紗布、繃帶、甚至連脖子的支架，全都卸掉，恢復成他原本發生車禍時受重傷的樣貌：四肢挫擦傷；腦杓只剩半邊，頭頂露出大破洞，導致臉也裂成大小兩邊；脖子歪曲，猙獰的頭，傾斜在一邊，垂掛著一顆眼球。

看他這傷勢，也知道絕對無法存活，奇怪的是，身上完全不見一滴血水。說他是人嗎？這樣的人，應該是躺在醫院，或殯儀館；說他是鬼嗎？鬼沒有實體呀，還不如說「殭屍」來得恰當。

這會，許招金、李火德不得不相信王青忠所敘述的了，但問題是——人不像人、鬼不像鬼的王青良會不會攻擊人？還有要怎麼離開這屋子？

雙方對峙了很久，感覺有一世紀……王青良舉起滿佈傷痕、斑剝的手，指著他們三個人，三人神色俱都一變，互相擠壓間，往後退卻著……

「阿……阿忠，你要……回……回來……聽……媽媽的……」說話聲音混淆，也沒有邏輯可言。

許招金忽然伸手，把王青忠推向前，聲音低到近似耳語：「他在跟你說話。」

王青忠不肯往前，反倒畏縮後退，另一旁的李火德則趁隙，閃入王青忠後面……

「不要推我！是你們說要來看他的！」

王青忠口吻有點憤怒，雖然三個人平常都以許招金爲首，但碰上眼前這更恐怖而詭異的狀況，王青忠反倒不怕許招金。

「你……你家有後門嗎？」許招金忽然低聲問。

這話提醒了王青忠，他點頭……忽然廚房後面傳來鐵鎖「喀啦！」聲響，兩人都嚇一跳，此刻可是草木皆兵呀！

但許招金不愧是腦筋動得快的人，他半轉回頭望向後面的廚房，安慰自己，也安慰王青忠：「是阿火！」

就在這時通道口的王青良，困難地抬起腳，一步一步走過來，站在前面的王青忠看到了，退後轉身，很快往後奔竄……

許招金呆了一、兩秒，轉回頭看到王青良已快接近他了，急忙慌亂地轉身，兩人一前一後，宛如逃命般，腳底抹油，溜向屋後廚房。

「唉唷唷……」忽然傳來王嬸的驚呼聲。

從阿雀仔家回來，還去買了早餐，遠遠的，王嬸就看到家裡大門被打開，她三步併作兩步，跑進家裡，還上了鎖，一眼看到王青良，除盡身上包紮的紗布、繃帶，她更驚嚇以爲發生了什麼事。

「阿良，怎麼回事？有人跑進我們家來嗎？」

王嬸嘴裡問著，將杵立在通道口的王青良拉回沙發坐下，阿良沒有回答。任憑王嬸掏出早餐擺放在桌上，然後忙著轉向後面廚房，發現後門也被打開，拉上後門，上鎖，她又急著檢視屋內三個房間，清點一遍後，沒有遺失貴重物品，但她發現王青忠房內衣櫃被翻開，還少了幾件衣服。

心裡有數了，轉回客廳，王嬸發現王青良坐著發呆，她自己也還沒吃早餐，於是打開袋子，開始吃……

「咦？你怎麼不吃啊？這是你以前最愛喝的豆漿、燒餅……」

「我……」王青良搖頭：「不吃。不必為我……準備。」

「不吃怎行？沒有體力，等一下吃完早餐，我要帶你去醫治眼睛。」

說著，王嬸拿起豆漿，插入吸管，硬是遞到王青良嘴邊，教他吸，用力吸……吸了半口，他又全數吐出來。

試過幾次，王青良根本連一滴都無法下肚，王嬸沒輒，只好抓來毛巾，替他抹拭嘴巴，她自己也嚥不下早餐，含著兩泡淚水，嘴裡喃喃唸著：「這個沒良心的阿忠，哥哥回來都不肯幫忙照顧，真是白疼他，氣死我了！」

「他……年輕……不懂……」

嘿！這會，王青良有反應，畢竟此趟得以回家，主要目的就是要勸導阿忠，儘管王青良思緒不如生前完整，卻記得返回陽世的唯一這件事。

以前有一句話：死人直。此刻，王青良正是合乎這種情形。

聽到王青良這話，王嬸忍住的淚水終於滑落下來，擤吸著鼻子，王嬸憤恨地說：「年輕不懂事啊！他只懂得賭博！」

「我……不在……這些天，他……還賭……？」王青良斷續反問。

「呃，沒啦，比較少了。」發現說溜嘴，王嬸急忙轉開話題：「爲什麼包紮的紗布、綳帶，都拆掉了？是不是剛剛阿忠回來，對你怎麼樣啦？」

王青良搖頭，斷續說出，上藥、包紮，對他一點都沒有用，只是增添麻煩。

王嬸攏皺眉頭，摸摸他的手，呃呀！他跟昨天一樣冰冷，沒有普通人正常的溫度，他也沒有疼痛的感覺。

王青良的話，讓王嬸心如刀割，殤痛酸楚得無可言喻，好好一個孩子，怎麼變得如此不像樣？然而重殤過後，王嬸還是下定決心，一定要把阿良救回來……不管有多困難，甚至賠掉自己的老命！

好一會，用力抹乾眼淚，王嬸拿出藥箱打開來，把裡面的藥品、用具一一拿出來……

「不……要……白費……力氣。我……只要……跟阿……」王青良唯一記得的——要告訴阿忠改掉惡習，好好孝順媽媽。

但他話未說完，王嬸堅決說：「不要說了，把你包紮好，我們要出去看醫生，治好你的眼睛。」

回到租屋小房間，王青忠把包袱當枕頭，捲縮在地上，李火德倚在角落的木板牆，許招金躺在簇新床鋪上，兩腿弓起膝蓋，互相交叉著，偶而會輕輕搖晃腳趾頭⋯⋯

午飯時間到了，三個人還是照原地、原姿勢，各自臥著、倚著，渾然不覺得餓。

王青忠不時偷看他兩人，心中盤算著下一步該怎麼走？回家？免想！另外租屋？沒錢！唉！連三餐的錢都沒著落，偷看他兩人不過是寄望許招金會叫他出去買便當——當然是買三份哩！

突然，許招金猛地坐起來，害他倆人嚇一跳！

「阿忠，我問你，你知道你哥最掛心的是什麼事？」

王青忠一怔，搖頭。

許招金原本就善於動歪腦筋，要去阿忠家看他哥哥，他其實就有許多……歪點子。

回來後，許招金回想早上去王家，清楚聽到王青良斷續說：阿忠你要回來聽媽媽的……

當時，他就在觀察王青良，然後他發現了幾個點……最後，他覺得……王青良這樣的一個人，可以善加利用！

一整個上午，他都在思考這個問題，前後細節也擬定了，才會說出口。首先，他繞著圈圈問阿忠：

「我看你也不敢回去，身上還有多少錢？」

王青忠尚未回答，李火德冷笑道：「老大，你這不是白問？他要有錢，還會窩在我們這？早去翻本啦！」

三位賭友，都很清楚彼此的底細。王青忠豎起大拇指，稱了聲：讚！

許招金點點頭，指著王青忠：

「你這小子，果然要發啦！我已經想妥一個周全的祕密計畫，一切聽我安排，只要我們三個合作，」說到這裡，許招金環視著兩人：「我保證，鈔票等著隨我們狂撈、猛撈。」

聽到許招金這番挺有把握的話，兩個人立刻湊上前，豎起耳朵……許招金一面比手畫腳、一面道出計謀，李火德聽得眉飛色舞，不斷點頭，時而會拍一下王青忠背脊，以示鼓勵；王青忠點頭、接著搖頭、一下露出苦臉，最後在兩人一唱一和之下，苦臉終於轉成笑臉，點頭不止……

晚上九點多，三個人整裝妥當出發，到了王家門口，只有王青忠進去，另兩人則在對街，坐在一輛租來的二手車上，二手車加上連續租一周，價錢還打折，更便宜，當然一切費用，自有許招金籌措。

踏入王家大門，王青忠早經許招金調教過，他馬上一臉懊喪、雙眼泛淚，抱住王嬸痛哭……

「回來幹嘛啊？你給我出去，我不要你這個冷血無義的兒子！」

罵歸罵，王嬸其實是掉下欣喜的淚水，看他回來，表示有悔意，從來沒有任何父母會拒子女於千里之外，眞的是天下父母心啊！

通道傳出聲音，想也知道，一定是王青良，王青忠捨了王嬸，轉身向哥哥跪下去，聲淚俱下：「這一夜一天，我想了很多，朋友也說了許多，哥哥回家是天大歡喜的日子，他們罵我不懂得珍惜，哥哥，我對不起你，嗚～～～」

王青良沒有淚、沒有表情，但他可以感受到弟弟反悔之心，他僵硬地彎腰，伸手扶起王青忠。

王青忠半真半假的痛哭：真的是因駭怕而哭；假的是裝模作樣，表演給媽媽哥哥兩人看的。等他起身，看到王青良的模樣，跟早上看的完全不一樣，眼睛已被裝進眼眶內，頭部也包紮很好，不但掩蓋住破洞，連脖子都矯正成正常，雖然身上、四肢仍有傷痕，但被乾淨紗布包裹得幾乎看不出受過重殘。

看到王青忠愣怔臉色，王嬸拉過兩個兒子，三個人落座到沙發上，王青忠趁機把眼淚擦掉，經過許招金調教，他知道已經擄獲了媽媽和哥哥的心，所以要接續下一個戲碼。

王嬸露出欣慰微笑：「怎樣？你哥看來很好吧？我本想去醫院，但後來想想，怕會驚擾別人，還是算了。後來我想到林醫師，就是我常去看病、健康檢查的那間診所。林醫師人很好，他花了將近四個鐘頭才把阿良整個處理，該包紮的包紮，該抹藥的抹藥、裹紗布，比起我自己包紮的，相差了何止幾百倍。」

王青忠不斷點頭，應和說：「沒錯，哥哥看來像個正常人，太好了，都是媽媽的功勞。」

「哪像你，跑得比誰都快……」

「媽，不要再唸了啦。我今天回來，也是想了很多，才想到一個好方法。」

接著王青忠娓娓道出……

王青良發生車禍已經過了好幾天，鄰居親戚大多知道這個消息，哥哥突然回來，大家一定會產生諸多駭異和疑慮，就像他自己受到驚駭一樣，這會造成哥哥和媽媽的困擾，因此他朋友許招金建議，他在郊區山腳下有一間半廢棄工寮，不如把哥哥送去那裡小住一段日子，那間工寮相當隱密，安靜又少人跡，正適合安心養病。等哥哥康復了、可以上班，再接他回來。

如果親朋好友問起來，媽媽就說：哥哥車禍重傷，到南部給某名醫診治，治療一段時間之後，當然就恢復健康了。

王青忠的話讓王嬸回想起阿雀仔，不只是她，還有那些鄰居們都知道兒子車禍的事，所以她才跟鄰居去「鬼市」拿藥，不料鄰居吃了藥都發生詭怪事件，因此王青良回來的事，她反而不知道該如何跟阿雀仔、鄰居們說。

王青忠的建議讓王嬸心動了，倒是王青良反對，他自己心知肚明，他的期限只有七天，現在已經過了兩天，到時他必須回「鬼市」啊！

「沒關係，哥，我朋友許招金的車子在外面，我們先去看看他的工寮，你不願意，我們再回來。」

「哦？不能明天早上再去嗎？」王嬸問。

「媽，我不知道妳今天怎麼帶哥哥去診所，妳想白天出門，肯定會遇到一大堆鄰居，對不對？」

王嬸想起今早她是先去招計程車，停在自家門口，才讓王青良上車的。

「好吧，阿良，許先生有車很方便，別弄擰了阿忠一片好心。如果你不想住工寮，許先生會載你回來，去看看也好。」

孝順的王青良，向來不拂逆媽媽的話，套上外衣，跟著王青忠出門了。

坐在副座上的李火德，一雙腳始終不安分，抖啊抖地踢到散落在腳踏板上的空啤酒罐，惹得許招金不爽：「你安分點好不好？不然就下車去等。」

「下車更糟糕，我會抖得車震。」說著，李火德調侃地看著許招金。

「我呸！超低級的笑話。」許招金瞪他一眼：「都什麼時候，還有心說笑。」

李火德聳聳肩，卻忘形地又抖起腳，忙用力拍膝蓋，制止抖腳。

「不要怕，想想即將入袋的大把鈔票，有什麼好怕？」

「是沒錯，可是，老大怎能肯定……這個計畫有用？」

「小時候曾聽老一輩的說過，至於有沒有用，試過才知道，放心。」

「可是……今早看到他那副死人樣子，我還是很害怕。」李火德腳不自覺又抖了一下。

「我不是說過，他看起來不凶惡，不會有殺傷力。啊！出來了，我猜的沒錯，他關心的對象是阿忠，看來他很聽阿忠的。」

王青忠領著王青良，越過街道，走到一半，突如其來竄出一隻野狗，對著兩人狂吠兼吹狗螺。

兩人停腳，野狗也停，還往後退；兩人走，野狗也跟著走，狗嘴始終沒停過吠聲，走走停停，一路奮戰，終於到達黑色轎車旁，早有李火德幫著打開車門，上車、關門，車子呼嘯往前而去。

「阿德，回後座去。」

許招金下達命令，顯然他倆早設定妥當，李火德回頭看一眼，意外發現王青良不同於早上所見，他看來……很正常。李火德這才略微放下心，由座位間隙，硬是艱難地鑽到後座。

王青忠早打開座位旁的袋子，他和李火德幫襯著，給王青良換上緊密的套頭外套，戴上帽子、墨鏡……

剛開始王青良很抗拒，王青忠勸道：「哥哥，你不要這樣。我說過，我們去賺錢，賺錢養媽媽，爲了媽媽，你必須忍耐，好嗎？我們都是爲了媽媽。」

王青良這才安分地任他們擺布，裝扮妥當，目的地已到達，李火德、王青忠兩人各一邊，夾著王青良，跟著許招金腳步，轉了兩間空屋，熟門熟路地由空屋後門轉入另一間地下室，每到一處轉彎，許招金都會舉手，比出暗號，表示他是熟客，因此才一路暢行無阻。

經過地下室一條通道，四個人尚未走到底，看門的阿狗已打開一道小門，阿狗長相橫臉慓悍，跟許招金打招呼，難免多看一眼被夾在中間的王青良。

「新人，我介紹來的，身分不能曝光。」許招金解釋著。

阿狗點頭、關門，王青忠發出笑聲，阿狗轉盯他，他說：「剛剛在路上，被野狗追，不料面前的阿狗，是如此的可親喔。」

把自己比成野狗，阿狗怒目望住王青忠，粗聲粗氣地說：「對熟客可親，對陌生人可惡。改天你帶個陌生人來，讓你看看我可惡的一面。」

李火德回頭示警地瞪王青忠一眼，王青忠聳肩、吐吐舌頭。平常，王青忠賭輸了、或是要借錢時，阿狗都會給他顏色看，他只想藉機報個老鼠冤。

打通幾間屋子的地下室，足足有兩、三百坪大，充斥著各式各樣的博弈，有大格局，例如賽馬、俄羅斯輪盤、梭哈、整排的吃角子老虎；另一邊靠牆則是小型博弈，例如天九、大老二、德州樸克、抽鬼牌、擲骰子、拱豬……幾乎應有盡有。

冷氣開到最強，賭客們玩得盡興、也緊張得汗流浹背，整幢地下室充斥著么喝聲、驚喜聲、長嘆聲，此起彼落；底牆有吧檯，販售飲料、吃食、點心，服務小姐穿著清涼，穿梭在其間，簡直比菜市場還熱鬧極了，好在這裡面有隔音設備。

許招金細眼轉了轉，四個人逕往輪盤檯落座，他早告訴過李火德，這一檯先試驗，主要先測試王青良的能力。

許招金習慣望風，就是先觀察輪盤轉個幾趟，然後下注。今天一樣，先望風，他側頭向身旁的王青良解釋一遍，接著莊家開始讓大家押寶，許招金把籌碼堆放著，王青良握起拳頭，許招金立刻轉換另一格……直到王青良舒開手掌，許招金才停手，檯面上客人押定後，莊家大喊～～停，接著大輪盤開始旋轉起來……

賭客們窮緊張，大聲么喝、大聲喊叫……然後大輪盤緩緩停住了。

果然，許招金押對寶了，押中的客人不多，其他都是輸家，莊家笑呵呵的，用長竿把籌碼全掃回來，再算押中者下了多少籌碼，把贏家贏得的籌碼推給客人。

幾家歡樂幾家愁，在這裡看得最清楚，接著再繼續拚、繼續押……

贏了四、五輪後，許招金和李火德、王青忠開始有信心了，把一大把的籌碼，全掃進袋內。

接著許招金起身，轉往比大小的檯子，王青良跟他一組，他則吩咐李火德、王青忠分開座位，看起來是各玩各的，但他們下注都跟著許招金走。

果不其然，連續幾輪下來，他們大贏，連袋子都快滿溢出來，許招金這才罷手，扛著籌碼，到櫃台結算，三個人喜孜孜地抱著一大袋錢回家。

在車上三個人大放厥詞，從來沒贏得這麼爽，之前就算贏些錢，到最後還是輸光光。

只有王青良始終安靜無語，許招金從後視鏡看著王青良問：「欸，阿忠的哥哥，我們要買宵夜，阿你想吃什麼，叫火德下車去買。」

王青良搖頭……緩緩開口說：「回……家……」

一旁的王青忠接口說：「哥哥，不是說好了，你要去許招金的工寮，住幾天？」

王青良沉默一會，再開口緩緩說：「媽媽……我們有錢，要給媽媽……」

「呀！對齁，我差點忘記了。」王青忠猛拍腦袋。

這話可是兩兄弟離開王家時，王青忠在路上講過的，因此王青良才肯任許招金兩人擺布、跟他們走。

「老大，還是載我倆先回家……」王青忠轉向許招金說。

「不行！我們明天還要去廝殺一陣。」許招金小眼睛迸出精芒，由後視鏡看著後座。

商量的結果，是許招金先載王青良去工寮，然後載王青忠回王家，把隸屬他贏的錢交給王嬸，三個人再去吃宵夜。

人的貪念，永無止境，既然發現王青良是一株搖錢樹，許招金等三個人，哪肯輕易放開他？

每隔一段時間，王嬸就接到王青忠一疊厚厚的鈔票，她問錢的來源，向來慣於打圓謊的王青忠，自有一套對應之計，王嬸被唬弄得服服貼貼，她既驚且喜：一個兒子回來了、一個兒子改過上進，兩個兒子一起打拼賺錢，這正是天下大好事一樁。

第一夜，許招金等人贏了近百萬，就已經引起賭場的注意，賭場手下向老闆洪爺奏明此事，並查探三個人底細，數年前就是常客，雖然有小贏，但絕大部分都輸個精光才肯回去，曾向賭場借錢，手下們曾經追討過許招金的賭債，所幸後來都有追回。

這次他們增加了一名穿著怪異、戴墨鏡、帽子的成員，不管賭什麼，居然逢賭必贏，甚至有其他賭客看到了，都跟著他們下注，這一來，賭場的損失，幾乎是天文數字了，此事怎能再繼續下去？

洪爺馬上派手下第一把交椅彪哥，領著阿狗等幾個打手，尾隨他們四個人。前後兩部車子，一路跟蹤到郊外山腳下，許招金等三人下車，王青良還在車內，後面那部車子下來五個人，一擁而上，團團圍住許招金三個人。

「嘿！怎麼……彪哥？阿狗？怎麼是你們？」許招金心知不妙，仍笑臉迎人地說。

彪哥握著一把銳利藍波刀，刀光在昏暗夜色下，閃出陰森光芒，隨著光芒一閃，阿狗等四人，不由分說，掄起手上木劍、棍子、粗棒子，先給一頓小小教訓……

挨了幾下棍棒，李火德、王青忠、許招金都受不了，許招金揚聲大喊：「停手！住手！彪哥，打人總要給個正當理由。」

打手都住手，但還是圍著三人，彪哥兜轉著手上藍波刀，笑裡藏刀地說：「眞不知道？我說唄，你想拆掉洪爺賭場？你想叫我們兄弟喝西北風？蛤？」

「所以因爲我們贏錢，彪哥不甘心？」許招金色厲內荏，環視著幾位打手：「既然這樣，阿狗，你應該當面跟我們說不歡迎我們，我們不去賭就好了嘛。」

「現在講這些都沒用了。你們不是還有一位？那個怪客呢？叫他出來。」

許招金、王青忠猶豫著，眼睛卻瞟向車子……

「快一點，叫他出來，不然，兄弟們，再給我打……」

阿狗等人再度掄起手上木棍……

李火德大聲叫：「不要打！我叫他出來就是了。」

彪哥的藍波刀，往下一揮，打手們停住動作。

卻說，郊外山腳下，多的是野狗，可能聽到聲音，全都聚集過來，有的躲在樹後、有躲在半人高的菅芒草叢中、有躲在石頭間隙裡……

李火德提腳走向車子，彪哥不耐煩地大吼一聲：「快點！」

別說許招金、王青忠嚇一跳，連躲藏著的野狗，也嚇得狗身大震，因而影響狗尾巴晃動，當場眾人才知道附近有數十隻的野狗在看戲。

打開車門，車頂上的照明小燈亮了，雖然亮度不大，但還是看得清楚，李火德入目之下，狂嗥一長聲，整個人想往後退，腳沒站穩，變成摔倒在地上……

因角度關係，彪哥等人都看不到車內真實狀況，大家被嚇了一跳，彪哥大罵：「靠北！見鬼了？」罵完，他叫阿狗上前，去抓怪客。

通常呢，遇到不明狀況，領頭的都會令小嘍囉當先鋒，阿狗也算凶戾份子，當然懂這不成文的規定，他轉向比他更小的打手：「蟑螂，你去。」

「馬的！蟑螂打不死啦，去就去。」蟑螂個頭不大，一面自我提升說、一面走向車子。

這時原本打開的車門，伸出一隻腳、再一隻腳，接著王青良跨出車子，徐徐向蟑螂走過來。

只見王青良褪盡身上的衣服、帽子、墨鏡、包紮傷口的所有紗布、還有連支撐頭部的架子也拆了，身上只剩下一條內褲。

也就是說，王青良把發生車禍時，當場的自己，整個呈現出來，所以他走路是一瘸、一歪，兩隻手也受傷累累地悠晃著……

打不死的蟑螂，當下尿褲子，他想往後退，卻連一步都無法動，像個木頭人般定格。彪哥和幾名手下，全都目不轉睛地看著眼前這個怪物……

就在這時一大群野狗，先後發出狗吠聲，還吹起狗螺。

在場眾人，彪哥等五人、許招金等三人，全都傻眼，只剩眼睛有知覺，他們清楚看到王青良雙臂抬高，一手向山路，一手向田野招動。不一會，山路上、田野間，滾起層層煙幕，煙幕中夾雜不少飄盪的孤魂野鬼：有男有女、高矮不一、鬼貌各異，一個比一個形狀更畸形、更恐怖，形成群鬼列隊，全聚集到王青良左右，王青良雙手揮向彪哥、阿狗等人方向，群鬼或快、或慢，轉向那群人，怪異的是，吹狗螺的響聲，一下子都消失，連野狗也紛紛走避，不知躲哪去了。

眼看勢頭不對勁，彪哥先跑，再喊聲：「有鬼！快跑！」

其他人被喚醒了，抬腿就跑，豈料他們快，群鬼更快地圍攏住他們，有的穿透它們、有的遶到面前、有的狠拖曳、有的狠抓他們的手腳……

只聽到彪哥等人，不斷發出慘嚎、大喊有鬼、救命的聲音，被鬼穿透的蟑螂，渾身上下森寒，倒下去。其他眾人，也一一倒下去。

奇怪的是，群鬼不對付許招金三個人，他們三個雖然是旁觀者，但親眼目睹彪哥等人的慘狀，他們三人恐怖指數沸騰到頂點，只會呆愣著顫慄。

忽然王青良走向他三人，許招金、李火德差點要拔腿狂奔，王青忠顫抖的嘴唇，發出嘎聲：「哥……哥哥……」

王青良緩緩轉望他一眼，話卻是對著許招金說的：「我們……回……工寮……」

許招金如獲聖旨，點頭如搗蒜，連稱是是，四個人遂急忙轉身……

就在這時一道緩然而溫煦的光芒，照亮了整個夜空，許招金、李火德、王青忠、王青良等四個人，一齊停腳，抬頭往上看……

嚇！光芒中，一個人以玉樹臨風之姿，緩緩下降……四個人、八隻眼睛，一致瞪圓、臉現驚詫！

只見他身軀高頎，臉如冠玉，氣宇軒昂、超群不凡。許招金、李火德、王青忠三人同時想道：這絕非是普通人，一定是天上的神祉！

三人全都貯立不動，唯有王青良，雖然沒有知覺，腳下卻不停往後退……退遠了，轉身欲跑……

宛如天人般的唐東玄身影一幻，擋住王青良：「別跑，你跑不掉。」

看得出來，王青良在顫抖：「我知道你，唐……唐東玄，土地公曾提起您。」

唐東玄磁性聲音響起：「你不該傷人。」

「我，我也沒辦法。我不傷人，人會傷我。」

「你要知道，土地公放任你離開『鬼市』，是有條件的，陰差隨時在監控你。」

「是，我知道，我以後不會再傷人。」王青良看來還蠻善良明理。

「你返回『鬼市』的時間還沒到，我剛好路過，提醒你一下。」

「是，謝謝行人〔修行人簡稱〕。」

王青良微微鞠躬行禮，往工寮方向走，許招金、李火德、王青忠三人，看著躺在地上的彪哥、阿狗一夥人，又以欣賞眼神看唐東玄，然後跟上王青良。

山腳下周遭，又恢復寂寥。

次日，附近居民，有人早起運動，發現彪哥等五個人，橫七豎八，分躺在山路路徑、草叢、車旁，看來都受傷不輕：渾身瘀青、臉斜嘴歪、傷痕累累，不知是鬼？還是幫派械鬥？就有人報警、叫救護車。

事後聽說他們足足躺了半個多月。

至於許招金他們，也收斂多了，不敢再去賭場。

唐東玄目送王青良四位背影消失了，又轉看一眼地上躺著的、橫七豎八的人，他無言了，準備要騰空離去……

寂靜的夜空下，突然響起一聲嬌叱：「別走！」

唐東玄轉眸，看到纖細玲瓏的嬌弱身軀，心中打個詫異，怎麼？又是她——白素音？

「唐東玄！找到你了。我終於……還是……找到你了。」

白素音姣顏嫣然一笑，雙腮閃著兩顆酒窩，酒窩內承載許多的……無法言喻的婉約柔情。

在夜色下，因凝眼顯得唐東玄星眸燦亮，接著他高頎身軀，往後倒退一步，瞬也不瞬地看著她，似乎……想看出她的……破綻。

白素音輕俏轉個身，向他口吐芳蘭，脆聲帶著嬌笑：「呵……看清楚了？如假包換的白素音。」

「所以妳不是假冒『鬼市』裡的那位攤販老闆？」磁音沉沉問。

「你在說什麼？假冒『鬼市』？什麼攤販？我不懂你在說什麼。」

看白素音似乎不像說假，也不必再問其他的了，唐東玄點頭。

「不懂就算了，我要回去了。」說著，唐東玄轉身欲走。

白素音倩影一閃，迅速擋住他的去路，兩人差點相撞。

唐東玄劍眉一攏，低眼看她：「還有什麼事？」

被他深邃星眸這樣盯著看，白素音雙腮無端染上一片霞紅，踟躕得欲言又止……

「沒事嗎？抱歉，我很忙……」

他的話宛如兜頭一盆冷水，澆得白素音都清醒了，抿著櫻桃小嘴：「我……上次問你，是否認識陸少翔？智空法師？」

「我說過，我不認識……」

白素音嫣然一笑，露出腮邊兩顆酒窩，這酒窩會醉人哦，唐東玄立刻轉眼看地下。

「我知道，你不認識這兩個人，現在我就要告訴你，你就是陸少翔；你就是智空。」

唐東玄驀地失笑……一直盯著他的白素音，在刹那間，忽然迷惑了，原來他的笑容，如此飄逸出眾，足以網住人心喔。

「哪可能？我聽都沒聽過這兩個名字，妳告訴我，說這兩個人是我？我是這兩個人？這不是天大笑話嗎？」

唐東玄一面說，同時一面斂去笑容，頓時變得淡漠而嚴肅：「抱歉，我真的有事，必須趕回去。」

「等一下，聽我說……」白素音伸出玉手，緊抓住他的手肘，急促說：「我上天下地，走訪峻山黑水，到處尋覓，聽到哪裡有奇特異事，我馬上奔赴去了解、去尋找，結果一再失望。」

輾轉數百年，她還是繼續尋覓，然而，一再、一再的失望之下，使她一顆脆弱的心，傷痕累累……

唐東玄沒等她說完，抽回手臂，凌空騰躍而起，瞬間高頎身影已消失在夜空中。

「呀！等……聽我說……」

白素音伸出玉手，卻抓了個空，呆望著他漸趨微小的身軀，她纖細身子顫抖不已，尋覓千年、相思千年、千縷柔情也傷懷千年，一旦尋覓到了，他卻這麼淡漠、如斯絕情，叫她情何以堪？

在這環境優雅的十六樓頂層。大片落地窗外的蒼翠山林，潺潺溪水，完全沒進入唐東玄眼底，他坐在書桌前的大皮椅，注意力全在桌上，那一方淡紫色、上面繡著花的絲巾，下端一角繡著：白素音。

不知過了多久，一直凝坐著的唐東玄，終於微微一動，手伸向絲巾，輕撫著一角那三個字……又是白素音，這個名字困擾他好幾天了。

他明白自己歷經無數次輪迴，目前出生爲普通人，還是一名修行者，雖然修行已小有成就，然而畢竟是凡胎，所知仍有限。

唐東玄劍眉微攏，回溯第一次乍見白素音，以他的直覺是：避開她！不能跟這個女子，太親近！

事實上，打年輕開始，誓言踏入修行這條路，師傅就告誡過：「凡間誘惑太多、太多，一個不小心踏錯一步，那就永無回頭日了。」

接著師傅說：「想度盡六道眾生，談何容易？僅以這幅字畫奉送，希望你不要沾染任何凡間的人、事、物。」

星眸轉望對面牆壁一幅墨寶，那是師傅送他的：**『百花叢裡過，片葉不沾身』**。

而今，來往於「鬼市」與陽間，果然很容易沾染任何……人、事、物，現在，總算明白了，你不沾染他人，他人欲侵擾你，如之奈何？

思緒走到此，感覺累了，他掂起書桌一角的茶杯，輕呷一口……放下茶杯，思緒依舊不放過他……

那麼，攤販老闆，到底是誰？除了看出攤販老闆是男的，且有重病，卻看不出他的身分，這也太詭異了，更詭異的是，他怎麼有白素音的絲巾？

以唐東玄的修養道行，只要是人、是鬼、或是妖魔怪物，都可以一眼看穿，唯獨看不出攤販老闆底細，他又擁有眼前這方絲巾，而絲巾上又出現：白素音的名字，那麼只能聯想攤販老闆，不但認識白素音，還跟白素音很親近。

還有，她問他：你認識陸少翔、智空法師？欸，或許，攤販老闆跟這兩位有關哦。

唉！又是白素音、白素音……天呀！快被搞昏頭了。

換個想法——就是那位阿官姑娘，怎會加入攤販老闆行列，詐騙那群病患的家屬？看她年紀輕輕，不到二十出頭，卻有一張陰陽臉，一看就知道，絕不屬於人界，也許隸屬於「鬼市」，也許是冥界、陰間的鬼！

但爲什麼甘願受攤販老闆差遣？爲什麼？錢嗎？但在「鬼市」內，錢一點都沒有用處！

唐東玄再細細回想過往，數次遇到白素音，時間都很短暫，但是印象卻特別深刻，難道，這裡面有什麼……？還是說，他跟她之間，有什麼過節？

以輪迴角度來說，這一世降生為女子，不見得以往都是投胎成女子，也有可能降生其他種的物類，單純一心修行的唐東玄，並未思及男女之情，只想到是否自己在過去哪一個世代，曾跟她有過節，所以她緊追著自己，只想討回公道？

唐東玄想到，如果是欠她一命，了不起還她一命，師傅常說：因果報應降臨了，無論逃到哪裡，都沒有用，自己早看透了生死。

忽然門鈴聲響，打斷了唐東玄的思緒，沒想到是一群男、女、老者……等普通居民，只是看來略有點面熟，趙建倫去開門，將他們延入客廳落座，接著趙建倫端出茶。

說起趙建倫，是有一段因緣。

唐東玄有開靜坐班的課程，學員趙芳蓮常來上課，因為她的小弟趙建倫，個性過於內向木訥，才上高一就輟學在家，趙芳蓮徵得唐東玄同意，讓趙建倫住在這裡，名義上是打工、幫忙看家，事實上，趙芳蓮希望小弟可以親近唐東玄，請唐東玄幫忙教導弟弟。

原本安謐的大客廳，因爲這群人而顯得熱鬧，唐東玄尚未開口，其中一位劉太太先開口自我介紹，說明她跟趙芳蓮是同事，她和這群鄰居遇到無法解決的困難，所以介紹大家來找唐先生，請他幫忙。

唐東玄點頭，趙芳蓮事先有向他提過，他也答應了，只是沒料到他們會這麼早來拜訪。

「唐先生，您不知道，我們遇上了很嚴重的大麻煩，如果不趕快來，我罹癌的孫子、劉太太的公公、以及各位鄰居的親人，可能都會翹辮子。」說著淚也往下掉。

「喔，這麼嚴重，請問妳怎麼稱呼？」

「我叫阿雀仔……」

接著阿雀仔一面掉淚、一面道出細節，她聽人談起神祕又玄奇的「鬼市」，她的孫子一年前癌症病發，她費了千辛萬苦，趕去「鬼市」請藥，她孫子居然好起來了，所以她大喜之下，介紹在場這幾位鄰居，大家聽了，馬上跟著去「鬼市」請藥，不料，病沒好，反而更嚴重，嚴重到幾乎快往生了，大家驚惶不安，沒人敢再去「鬼市」請藥，又不知道該怎辦？

唐東玄想起來了，那一晚，他聽到、看到阿雀仔跟阿官姑娘說話、請藥，怪不得感覺挺面熟的。

接著劉太太、其他人等，全都憂心忡忡地道出各自家人的病因。

最後，劉太太誠懇地接口：「唐先生，您也知道，我們這些病患的問題都迫在眉睫，一刻也不容緩，不知道您能不能幫忙解救我們的大災難？」

坐在旁邊的一位林老先生，一雙混濁老眼，充滿企望地點頭，他的老伴失智症，吃了藥居然變成有暴力，還常口吐白沫，只要不注意，她會跑出去亂罵人、向人吐白沫口水、亂打人，他今天是把老伴鎖在屋內，待會就要趕回去照顧她了。

林老先生接口：「唐先生，我們眞的受不了了。」

「對對，最好現在就殺到『鬼市』！」其他人紛紛應和，義憤塡膺說他們家人吃了藥，原本寄望疾病可以能好轉，詎料愈來愈糟，很想衝去『鬼市』，跟攤販老闆理論……

唐東玄靜靜地聽完，才緩緩說道：「『鬼市』，並非任何人說去，就能去……」

有人抗議道：「可是我們跟著阿雀仔，很容易就進去了呀？」

其他人紛紛認同。

唐東玄星眸掃過眾人：「你們去的地方，不是眞正的『鬼市』！」

「嘎！」眾人聽了，異口同聲發出怪響。

「攤販老闆也是喬裝，它自己本身也有病，還病得不輕。」

眾人有如挨了巴掌，接不下話，然後有人責備阿雀仔，說她騙人，阿雀仔立刻大聲反駁，說她的孫子也受到戕害，根本不知道「鬼市」也有造假。眾人正紛擾之際，劉太太提高聲浪，壓過他們：「不要吵，我們請唐先生救我們，只要聽他的就對了，吵鬧無濟於事呀。」

唐東玄頷首，做了決論：「承大家看得起我、相信我。這樣吧，各位寫下名字、病因，單子交給我，我走一趟，向『鬼市』請藥。」唐東玄又接口：「救人如救火，我會在最短時間內，把各位的藥，請趙建倫送去給劉太太，轉交給各位，如何？」

一聽這話，眾人紛紛點頭同意、感謝唐東玄，於是趙建倫拿出紙筆，大家開始忙碌起來……

當晚許招金等四人，退回工寮，王青忠和李火德立刻幫忙把王青良重新打扮、包裝成原來的樣貌，狡詐的許招金知道，絕不能讓附近居民知道王青良住在此。

後來，許招金派李火德去賭場打聽，探聽出洪老闆雖然震怒，可是聽到彪哥活龍活現地說出實情，加上五個打手都掛彩、生病，洪老闆只想賺錢，不想招惹鬼神。

不過洪老闆撂下重話，只要許招金等人敢再上門，一定要把他們三人做掉！已經積賭成習了，不去玩他個幾把，手很癢、日子更難過。但獲悉此消息，許招金聽過洪老闆的凶殘，也不敢造次，如果沒命了，就沒戲可唱。

爲了安頓好王嬸，許招金派王青忠再送一大筆錢回家，免得王嬸還要找王青良，趁王青忠不在，許招金和李火德密謀、策畫下一攤。

奸滑的許招金，哪肯輕易放走王青良——這麼個有用的棋子呀！

王青忠回到租屋的小房間，已經是午後快兩點，李火德早已備好一碗肉羹麵、加一碟小菜、一罐飲料，王青忠剛好也餓了，吃著麵時，李火德告訴他，這是許大哥特別吩咐他，要他留給王青忠，這讓王青忠備感窩心。

等王青忠吃飽喝足了，倚在床頭半躺著的許招金開口道：「你媽有說什麼嗎？」

「有，她很感激。我說是大哥拉拔我兩兄弟賺大錢，才能奉養媽媽。」

許招金點頭：「她沒問起你哥哥吧？」

「有，她很擔心我哥的身體狀況，我說放心啦，有大哥幫忙照料他。可是我媽說他車禍那麼嚴重，很想見我哥一面，不然她不放心。」

「嗯……」沉吟一會，許招金道：「別說你媽，我更擔心我們的未來。你想，以後我們怎麼生存下去，賭場你敢去嗎？」

王青忠看一眼李火德，伸直手掌做出往下剁的手勢，遲疑地說：「不是說……洪老闆要把我們……還能去嗎？除非找別家賭場。」

「你想，找別家，下場也差不多。總不能出事了，又讓你哥變惡鬼救我們呀。」

一旁的李火德「噗嗤！」一聲笑了，許招金瞪他一眼：「我在談正經事，有什麼好笑？」接著他轉向王青忠，和顏悅色地說：「我跟阿德商量出一個計策。」

「喔？」王青忠訝異看一眼李火德，又轉望許招金，等他下文。

說到重點了，許招金坐正身子，臉上一片嚴肅：「這個法子一定讚！我預計……收入至少有三千萬以上，我們三個人平分，你想，那有多少？」

王青忠目瞪口呆，豎起食指，期期艾艾：「一……一千萬？」

許招金雙掌拍出脆響：「沒錯，你有沒有興趣參加一份？」

有錢不想賺，那肯定是個呆瓜，許招金招招手，王青忠、李火德一齊靠近前，他附在兩個人的耳朵上，比手畫腳地細說著，他們兩人聽著，一面用力點頭……

說完，許招金看壁上掛鐘，快三點半，他拿出一疊千元鈔，遞給兩人，兩人摩拳擦掌一番，出門去了。

許招金的工寮坐落在山路出口，每天清晨附近居民都會來爬山運動，彪哥等人被居民發現，幫忙叫救護車送走後，警方也出現了解狀況。

居民們開始議論紛紛，前一天半夜，有聽到一大群的野狗吹狗螺，還聽到有人大喊：有鬼，快跑！

早起看到有人受傷，居民開始繪影繪形，流傳出許多傳言……

因此有好事者蠢蠢欲動，開始注意附近山上地貌，尤其是荒廢許久、又有雜草荒藤淹沒的工寮，成了最醒目的目標，只要有人經過，都會窺探工寮，甚至有一位姓林的網紅，為了拉高流量，巴不得挖掘更驚悚的消息。

當天晚上，十點多，林姓網紅把攝影器材搬過來，置放在工寮頹敗的門前開直播。

看的人很多，留言的也很多，林姓網紅拿著麥克風，加油添醋、滔滔不絕地爆料，甚至還請了一位當地居民王先生接受訪問。

王先生說他聽到大群野狗在吹狗螺、接著傳來打殺聲、然後有人大喊：鬼鬼鬼。王先生說他不敢出來，他基於好奇，從窗戶拉開窗簾偷看……

說到這裡，有網友留言：後面，注意你們後面，有驚悚東西出現！

王先生依然說著，林姓網紅看到留言，轉回身看去……

嚇！工寮的破門被打開一半，一道黑影不知杵立了多久，太暗了，看不清楚，林姓網紅問：「誰？是誰在那裡？」

他以為是有人想上鏡頭，悄然站在攝影機後面，問了幾句，那個人沒有回應。

王先生繼續述說他昨晚，看到一個※＊％＆＊※……
突然林姓網紅大喊出聲，王先生回頭看去……
只見一個由頭到腳、破敗殘裂、猙獰恐怖的人，走路歪斜得整個人隨時都會倒下，卻又繼續往前，直接踩過雜草，朝他們走過來……
王先生驚恐地指著那個人，大叱道：「哇～呀～～就是它、就是這個可怕的鬼，昨天我看到它……」
那個人已逼近前，林姓網紅急切地閃躲，而這個人還是筆直走過來，伸長鬼手，向王先生抓過來……鏡頭最後，只看到王先生迅速轉身欲逃，但鬼手抓住了王先生的脖子，攝影機被撞倒，鏡頭瞬間消失了………
有熱心的網友們，看得心驚膽戰，議論紛紛，相互發出訊息，接著有人建議趕快幫忙打電話報警，並爆出確切地點。
另有網友持續相互討論，其中有一位網友發起徵召，組織膽大的探險隊，限定時間內，立刻在事故地點集合。

下午三點半，立志補習班下課了，同學們三三兩兩走出補習班大樓，就在這時一輛小轎車「唰！」地一聲，停在三位女同學旁邊，王青忠駕車，李火德坐在後座，打開車門，探頭，笑著出聲：「卉琴妹妹。」

三位同學六隻眼睛，全都瞪得圓鼓鼓，其中一位綁著兩條髮辮、眼睛特別大的同學，直盯盯望住李火德。

李火德笑得和藹：「不認識我了？我是阿德叔叔呀，妳唸三年級時，叔叔陪妳去學校，又接妳回家，忘記啦？」

「喔……」陳卉琴想起來了，她現在是小六，那是三年前的事：「叔叔怎麼在這？」

「呵呵……我剛去找妳爺爺談話，爺爺要我來接妳回去，快上車來。」

陳卉琴猛點頭，向同學介紹：「叔叔以前在我爺爺工廠做事，那我先走了，拜拜。」

同學們露出羨慕眼神，送走小轎車背影，直嘆：有錢人眞好喔……云云。

李火德一路跟陳卉琴聊工廠的以前、現況……陳卉琴都沒注意窗外，直到小轎車停在郊外，山腳下的工寮，她才骨碌碌轉著大眼：「耶？這裡不是我爺爺的工廠……」

目。

「哦，對，叔叔朋友有事，我先過來，待會再送妳回去。走吧，下車。」許招金事先設計妥了，不能讓她發現，就怕她叫出聲音，引來附近居民側目。

一踏入工寮，陳卉琴就掩住鼻子，直說：「好臭，好臭，什麼味道？」說時遲、那時快，王青忠迅速關上門，李火德則掏出繩子，朝陳卉琴頭上罩下，一下子就把她給捆得紮實。

「耶？叔叔？怎麼回事？叔……」話講一半，陳卉琴看到角落，半躺著一個……形容怪異、面目猙獰的人。

「妳不要吵醒它。」李火德指著角落的王青良：「它醒過來會吃人，尤其最喜歡小女孩，乖乖地聽話，沒事。」

陳卉琴含著兩泡淚，低聲吵嚷著：「我要回家！快帶我回家！」

王青忠問李火德：「下一步，要怎麼辦？」

「馬的！你沒幹過這種事？」李火德斜盯著王青良，他其實有些畏懼他。

「對呀，我只會賭……」說著，王青忠食指和大拇指摩娑著，做出摸牌動作。

「你怎麼忘記金哥的吩咐？」李火德瞪住王青忠，王青忠搖頭，李火德臉一歪：「把人質放下，我們回去商量，金哥會打電話給陳義信……」

一旁的陳卉琴聽到爺爺的名字，突然大聲接話：「叫我爺爺來接我……」

她尖銳聲音刺激到王青良，王青良忽然怒睜雙眼，「唬！」的一聲，直挺挺站立起來，這一來，所有在場的三個人，全都驚愕地轉向它……

王青良不同於當初剛回來的樣貌，隨著時日一天天過去，它的形貌起了急遽變化，畢竟它一具屍身，挺不了多久，距它回陽至今，已過了五天，它渾身上下開始腐爛，肉糜爛化膿，露出裡面的血管，可看到森森枯骨，整個身軀發出死人的極端腐臭、噁爛味道，仔細看，還有許多蛆蟲在啃食它的爛肉，坐著時沒注意還好，它站起來，白色蛆蟲紛紛往下墜落……那種可怖形貌，簡直比鬼還磣刺人心。

王青忠和李火德雖已見怪不怪，但看到它，還是免不了心驚膽顫，至於陳卉琴更糟糕，一個小六生，何曾見過如此恐怖的東西？尤其是它掉出眼眶、悠晃晃的眼球，還能看清東西嗎？那眼球每一搖晃，幾乎每個人的心口，都會跟著一跳。

「啊～～～」

陳卉琴尖銳、高亢的驚恐喊聲，震動了小小的工寮，李火德慌得急忙掩住她的嘴巴，並把她拖向牆角，連王青忠都被嚇得心口猛跳、手腳慌亂。

只見王青良渾身打顫，跨出一腳、並伸出顫慄的手，指向王青忠，咬字模糊：

「不要……做…………壞事。我……說過……我得回『鬼市』，時間……時……到……我……」

王青忠臉色灰敗，差點沒跪下來，企圖喊醒哥哥：「我……我再幹這一票，肯定收手。我會奉養媽，求你最後再幫我這一次。」

王青良亦步亦趨走近前來，它似乎拚盡全力，困難地搖頭、擺手：「不……不……來不……及……及。放我……出去，快……我要……出……」

王青忠一面退步，一面張口喘著大氣，求援似轉向李火德，爲了掩飾心中極端的害怕。

李火德恢復平時的吊兒啷噹，他咋咋嘴，一手指著王青良，開口：「別過來，我們去……」急速想了想，他想到了：「去找王媽媽，你知道吧？你媽媽，找她過來看你，好不好？」

儘管神經都麻木，聽到「媽媽」兩個字，王青良有了反應，它停腳、放下手，呢喃道：「媽媽……………快……媽媽……來……」

看到這招奏效，王青忠突兀地轉身，才一步而已，就到工寮門口，低聲道：

「我們走吧。」

李火德也是滿心想走，他側頭看工寮門，不覺手一鬆，陳卉琴又發出尖銳喊聲：「哇～～救命喔～～～」

這聲喊，讓王青良復甦，它僵硬地轉動頭，望向陳卉琴和李火德，李火德慌得急忙再度緊掩她的嘴，連王青忠都嚇一大跳，握住門把的手一抖，門發出「喀噹！」一聲，王青良又倏地轉望向王青忠，他這會是汗流浹背，忍不住低聲催促道：「快啦！不然我先走。」

陳卉琴聽到了，驚恐奮力掙扎，發出咕噥聲，意思是：別留下我，我怕！

眼看王青良屍身急迅腐爛，講話愈來愈混沌，李火德和王青忠無法分辨，它到底意識是清楚？還是模糊？然而被它鬼眼這樣盯視，又憶起之前，親眼看到它召喚群鬼對付彪哥等人，萬一它意識不清，召喚群鬼對付自己人，那就慘兮兮了！

尤其現在此時，已經五點多了，天色暗淡，工寮內更昏黑，也更接近……鬼魂出沒的時刻呀。

突然，工寮外傳來狗吠聲，接著是幾聲吹狗螺聲傳來……王青忠不顧一切拉開工寮門，門外透進些微天光，陳卉琴和李火德見了，兩人起了一番掙扎，李火德忽然想起許招金曾教他最後一手。

於是他慌忙由口袋掏出一方手帕打開來，上面噴灑過哥羅芳，李火德把手帕掩向陳卉琴嘴巴，但是眼前萬分急迫，而且他發現王青良腳步歪斜而緩慢地向他兩人移近來……

其實王青忠早已跑出去，顫抖地等在門外，李火德只好放開陳卉琴，轉身奔向門外，火速拉上工寮門，並將之上鎖……

工寮內的陳卉琴，其實尚未完全昏迷，被覆上手帕，她驚恐地張大嘴想叫，卻反而吸入更多的哥羅芳，就在她即將被迷倒的前一眼，清楚看到那個鬼樣的人朝自己走近，小小身軀搖晃著，發出尖吼的驚駭叫聲，才喊一半，人就倒下，聲音戛然而止……

阿雀仔一大早，像麻雀般雀躍地飛來找王嬸，敲開門，看到王嬸滿臉沮喪。

「這麼早來，有事嗎？」王嬸強打起精神，將阿雀仔請入屋內。

「天大好消息！特別來報妳知。」

「哦？那恭喜妳啦。」王嬸提不起勁地問：「什麼事？」

「還不是我那孫子，服了兩包藥，加上唐先生施法加持。說也奇怪，原本是整個坍塌的病體，居然慢慢恢復原狀……」

「這麼神效？去哪裡請的藥？」王嬸被提起興致了。

阿雀仔愈說愈大聲，什麼劉太太她公公才服一包，病就去了一大半，還有林老先生老伴的失智症，服藥後就沒有暴力現象。還有另外許多鄰居，不管什麼病，幾乎都減輕症狀了。

「可惜的是，我孫子只剩一包藥，我原想請更多的藥，可是他卻說他這藥，只能恢復原先我去假『鬼市』之前的症狀，卻無法根治，唉！所以只能帶我孫子，回頭去找原來的醫生。」

王嬸聽得莫名其妙，細問之下，阿雀仔道出，原先去請藥的「鬼市」和攤販老闆，居然都是假冒的，唐先生就有辦法找到眞正的「鬼市」，所以街坊鄰居之前請到假藥的，都被唐先生救回一半。末了，阿雀仔才提起：「記得妳之前不也想去『鬼市』請藥，現在找到眞正的『鬼市』，我來報妳知，妳還需要請藥嗎？」

王嬸聽了，泫然欲泣地猛點頭，阿雀仔多嘴地問王嬸，要替誰請藥？王嬸咬咬唇，思考一會，道出大兒子王青良的狀況，阿雀仔聽得瞪圓眼，張口結舌地說不出話。

「呃！我的天啊！看來妳更需要去找唐先生。」阿雀仔熱心地說。

王嬸猛點頭，並交代阿雀仔，拜託別讓其他鄰居知道，就怕大家會害怕。

阿雀仔明瞭地點頭，不過話說回來，當時是劉太太帶大家去找唐先生，因此阿雀仔馬上熱心地帶王嬸去找劉太太。

既然答應保密，阿雀仔對劉太太當然又是另一番說詞，剛好劉太太要照顧她公公不得空，於是把地址給她們兩人，當下兩人直奔唐東玄住家大樓。

聽罷王嬸帶著老淚的細述，唐東玄似乎胸有成竹，一點都不意外。

原來他早知道王青良，還曾警告過王青良，接著他到「鬼市」替大家請藥時，土地公告訴他，眼看王青良七天期限快到了，如果不回來報到，就拜託唐東玄幫忙去抓它！

「妳知道妳兒子在哪裡嗎？」

王嬸搖頭，說小兒子常帶錢回來，說是兩兄弟一起賺錢養她，她很擔心王青良病體，小兒子打死都不肯講，她也很無奈。

唐東玄當下問起王青良生辰年月日，他屏心靜氣，依生辰推算了一番……心想，大事不妙，於是他請王嬸安心回家，他會去找王青良。就這樣，王嬸和阿雀仔千恩萬謝地辭別唐東玄。

晚上七點。

許招金掛斷電話，走出電話亭，折返回租屋處，赫然發現李火德和許青忠瑟縮在房間，地上放著一打罐裝啤酒，已喝掉三罐。

「你們……怎麼這麼早回來？」

「金哥不是交代過，把人關進工寮，我們就閃人？」李火德醺醺然地說。

許招金瞇著細小眼睛，心思沉凝地問：「那，你們那邊順利吧？」

李火德和王青忠對視一眼，李火德點頭：「當然，一切依金哥說的照辦，怎麼？還有問題嗎？」

許招金搖頭，落座到床邊，審視兩人，他聚攏稀疏眉頭，心中浮起疑團：「這會都什麼時候了，你倆還在喝酒？」

頓了好一會，李火德才說：「嗯，就壓壓驚嘛。」

王青忠猛點頭，加強語氣：「金哥，我沒做過這種事，當然會……」

「害怕？呵……」許招金冷笑：「我看，你倆不用拿錢了。」

王青忠和李火德的酒氣，突然整個清醒，異口同聲問：

「爲什麼？」王青忠說。

「對方出了問題？」李火德說。

許招金指著那一打罐裝啤酒：「錢沒入手，喝酒會誤事，不知道嗎？」

李火德有點不以爲然：「我們一切照辦，人也抓來關在工寮，如果金哥約好時間、地點，對方肯定會依約而來。我很清楚陳義信爲人，他不會在乎錢，但很疼愛孫女。」

三個人大眼瞪小眼，都沒出聲，好一會，李火德又開口：「金哥給對方……勒贖電話了？」

許招金頷首。

李火德焦躁地又問：「對方怎麼說？」

許招金微牽動法令紋：「嗯……半夜一點整，工寮外兩百公尺的一處交岔路口。」

許招金還特別跟對方說，自己在跑路，急需要錢，時間緊迫，一定要今晚交錢，如果時間拖久，或者對方報警，他無法保證，人質的安危。

李火德鬆了口氣，欽佩讚道：「那不就結了。不愧是金哥，設想周全，好厲害。」

「問題是，誰去交接？需要我們三個人都去？」

李火德、王青忠，以及許招金對望好一會，許招金詭詭地笑著不語……李火德眨眨眼，他和王青忠沒經驗，尚未想到這一步，兩人同時仰視著策劃主某者。

「所以我很不高興，你倆不應該喝酒。」

接著許招金訓了兩人一頓，兩人都無語地低下頭，他們不敢說出在工寮受到了王青良的驚嚇……事實上，許招金也感受到王青良的改變，就因此他撇開自己，凡事都指揮他們兩人去做。

訓完話，許招金拿出紙、筆，繪製簡單的工寮附近圖，接著下了最後一著計策，並娓娓道出：

——陳家人不認識王青忠，所以他最適合交接，就一手交人、一手交錢。對方認識李火德，所以他不能出面，但要暗中幫忙王青忠。

許招金對當地山路熟悉，他畫出山坡上的隱密處，說他開小轎車等候在隱密處，等雙方交接完，他開車載他們兩人，還有三千萬，遠走高飛。

計策不錯，想到錢，大家都開心了，王青忠接口問：「耶？那我哥哥呢？要不要帶它離開？」

許招金道出事實，說王青良那樣貌，幾乎形同死人，帶它離開有何意義？還有一點，基於王青良是王青忠的親哥哥，再怎樣它都不會傷害王青忠。

接著許招金話鋒一轉：「我相信你媽媽會照顧你哥，等事件平靜了，你再回家，這筆錢，暫時夠你一家人花用吧！」

一番話，講得頭頭是道，聽的人也深有同感，三個人就這樣說定，就等今晚一點。

月黑風高，看來平淡無奇的夜晚，似乎壟罩一股洶湧暗潮，卻又沒個準，不知道到底會發生什麼事，讓人心頭揣揣不安。

荒郊山腳下，連野狗都隱匿起來，偶而樹枝、樹葉會隨風搖曳、或掉下幾片枯葉，一切看來是寧靜，但卻有風雨前的安寧感。

一點過後，大多數的居民都入睡了，鮮少有人聲，連蟲鳴、鳥聲都沒有。

王青忠悄悄打開工寮門、悄悄掩進工寮……黑暗中，他依稀可以看到角落坐了個枯瘦影子，另一個是躺在地上的小人影，他盡可能不發出聲音，但是即使再小心，腳底總會踩到雜物、石頭，接著會傳出輕微聲響。

他並未注意到，暗懵中，有一雙黑詭眼睛張開了……接著他把許招金給的藍波刀，塞進褲子後面口袋，據金哥說把利刃架在人質脖子上，對方看到了，肯定會乖乖交出錢。

王青忠躡手躡足來到小人影身畔，蹲下去抱起來，然後迅速退出……

他自以爲夠小心了，沒有聲音，不過就在他走出工寮門的剎那間，一道幽靈似的影子，比王青忠更迅速地竄出門……

王青忠有一點愣怔，他轉頭隨便瞄一眼，感覺不出有人能比他更快地竄出去，因此走出門，他一手順勢帶上門，雖然沒有上鎖，但他把門拉得死緊，估量這門應該不會那麼容易被推開，接著他走出工寮外。

幸虧在這大半夜裡，不見半個人影，否則他抱個小女孩，肯定會引人注目，況且走出工寮外兩百公尺的那處交岔路口，可是個沉重負擔呀。

繼而轉念想到三千萬，一個人一千萬，呃！天呀！這輩子，連幾十萬、幾百萬，都沒碰過，一千萬……豁出性命也值得了。

心情一放鬆，不小心腳底踩到枯葉，乾燥的枯葉發出碎裂聲，王青忠不以爲意，反而瞄著附近不很旺密的樹林，記得許招金說過，要李火德暗中幫忙他，就不知道李火德到底藏在哪？又要怎麼幫忙自己？

費了許多勁，終於走到交岔路口，可是到處陰暗暗的一片，對方呢？

爲何不見半個人影呀？

等了好一會，手好酸，還是沒看到任何人，王青忠把手上的陳卉琴放到地上，擦把汗水，四下張望……

又等了好一會，他看看手錶，唉唷！都已經一點40分了，不是約好一點的嗎？怎麼回事？他放眼注意著岔路口兩邊山路，冷僻而陰幽，都沒人出現……

突然，斜刺裡從他身後跳出幾個人，瞬間將王青忠壓制在地上，他掙扭著，想掏出後面褲袋口的藍波刀，詎料刀子被人一把抽掉……

王青忠腦袋都還轉不過來，五、六道強光手電筒，全都聚焦照射著他，他掙不開眼，心想：完了。

曾見過一部外國搞笑片，一個兩光特務員，在偵辦抓匪徒時，反被匪徒輕易制伏，眼前自己正像那位兩光的傻瓜特務員，大事尚未成功就成仁。

原來陳義信不甘受損，早報警了，警方提早佈置，警察人員隱藏在稀疏樹林上，這一點倒是讓許招金等人料想不到。

忽然一陣嗬乎！嗬乎！怪聲傳來，六位警察人員同時轉望向怪聲來源，發現一個人不像人、鬼不像鬼的怪物，一顆眼球還露在外面搖晃，朝他們衝過來……

這人，不！這鬼太猙獰恐怖，警方人員向它開槍，先掃射它的腿、腳，詎料它不在乎，繼續奔竄過來，而且速度超快……

警方兩位人員保護著陳卉琴，閃躲到安全地區，其他人只得疏散開來，圍堵住它，它衝向就近的一位警察，伸手一抓，警察臉面立刻血流成河，其他人看了，都膽戰心驚，更加強火力，向它開槍掃射……

然而它不為所動，挨槍彈頂多是身軀往後彈退一下下，接著繼續攻擊警察。不一會，它身上是千瘡百孔，而警察已經倒下三位了。

「快，快聯絡，找支援。」一位警察大吼著。

就在這時從空中傳來一個喝聲：「住手……」

聲音不高，卻有鎮懾人心的力量，警方和它，同時停手，抬眼往上望去……

一位身材高頎、英姿瀟灑、臉如冠玉，宛如天人般，緩旋而下……落在雙方中間，他，正是唐東玄！

看一眼渾身槍彈傷懾的它，唐東玄攏聚劍眉，向警方人員揚聲道：「看看你們，把它傷得這麼嚴重。」

警方有人接口：「它撂倒我們三個同仁，它……」

唐東玄轉向警方道：「讓我帶它走！」

警方有人反對，有人說務必要把它繩之以法……

唐東玄淡然道：「費了這麼多子彈，又傷了幾位同仁，你們能抓住它嗎？綁架孩子的又不是它。」

警方人員無回應，這時它甩甩頭、抖著雙手，又做出攻擊樣貌……警方人員慌得全數向後退，各個戒懼地提槍，準備迎戰。

「王青良！住手！」唐東玄猛喝一聲：「你忘記土地公向你說過的話？忘記對土地公的承諾？你再不安分，連你媽媽、王青忠都將受到連累，你不知道嗎？」

當下，大家停頓了幾秒，倏忽之間，它──王青良朝唐東玄直挺挺跪下去，但它咿嗚著，口齒不清。唐東玄喃唸咒語，手結手印，朝王青良施法，讓它可以開口說出順當的話語：「我想見我媽一面，求求您，拜託您，讓我見我媽，最後一面……」

「見面能改變什麼嗎？土地公違反『鬼市』規約，放縱你返家。你能返家，卻無法返陽，不如不見。你還傷了人，就不要再害土地公了，快跟我回去。」

王青良垂下頭，它只是無法清楚表達，但知道返家這期間，不但勸不回王青忠，還被牽扯著跟弟弟一幫人幹壞事，甚至為了救王青忠還傷了賭場那幫人，甚至還被唐東玄警告過。

眾位警方人員在眨眼間，發現唐東玄和王青良居然雙雙消失了。

不一會，兩輛警車，由山坡開下來、經過工寮，繼續開到岔路，車內的人，陸續下車，被警察押著的王青忠，赫然看到警察押解著許招金、李火德，還有另一位老者，老者遑急地找陳卉琴，他是苦主陳義信，保護陳卉琴的警察人員也來到現場，陳卉琴一看到爺爺，欣喜地哭著撲進爺爺懷抱……

原來經過電話追蹤、線民密報，警方佈下天羅地網，幾乎團團埋伏了半座山。

畢竟人不能幹壞事，最終下場，就是得承擔一切後果。

接著一大群人上了警車，警車揚起飛沙，絕塵而去。

第二篇
蔭屍油

孟長德手握一支酒瓶，腳步踉蹌，歪歪斜斜地走出店家，不，是被店家趕出來，店家已經打烊準備休息了。

灌了一大口，孟長德不分東西南北，挺直地往前，剛好一輛街車呼嘯而過，跟他相距不足二十公分，惹得司機破口大罵。

這時候，行人寥寥無幾，街車也不多，天地一片漆黑，他拐東偏西，不知道走了多久，路徑是愈走愈冷僻、愈崎嶇。

手中酒也愈喝愈少，終於空了，搖晃著空瓶，他甩手一丟……

「唉唷！誰呀？」

一個聲音響起，旁邊半人高的草叢裡，冒出頂著個亂糟糟頭髮的男人。

孟長德完全不理不睬，繼續往前，嘴裡碎碎唸：「酒，我要酒，給我酒……」

忽然他後頸衣領被抓住提起，接著他整個人凌空而起，他雙腳亂踢亂蹬，連雙手也朝空中亂抓……

「要酒是吧？」耳中傳來聲音，孟長德猛點頭。

「前面，有個市集，去吧，那裡有酒，也有藥，你可以去請一包醒酒藥。」

隨著話聲，後衣領一鬆，孟長德整個人掉下來，摔了個狗吃屎，嘴裡塞了一團軟軟物事。

他抹嘴，一股惡臭把他臭醒過來，發現是一坨米田共，還眞的是狗屎，他抓起衣角猛擦嘴，連連吐著口水。

好一會，他站起身，左右望望，都沒人？剛剛說話的人呢？

「我在這裡。」

隨著聲音，孟長德看到前面是個男人，頭髮亂糟糟，穿著橫紋的藍白相間上衣，頭脖勒住一條白色布條往下垂，舌頭掛得老長，孟長德模仿他伸出舌頭，沒有他的長，有些懊惱地拉拉舌頭，問：「你誰呀？我沒辦法吐得像你那麼長。」

「賴佑山。」賴佑山嘿然陰笑。

「賴佑山，呀，我知道了，你戴著面具，很醜耶。」孟長德自以爲是地說：「幹了什麼壞事嗎？我做壞事都不戴面具啊！」

「面你個頭！面具？哼！你又做了什麼壞事？」

孟長德雙手一陣亂搖，手勢像開車，握著方向盤：「沒……也不算壞事啦，就是拿人錢財，替人辦事。我很後悔，想死。」

「想死？去前面那個市集，什麼都有，你可以得到你要的。」

孟長德周遭整片迷濛霧黑，不遠的前面依稀可看到燈火冥光，他不覺問：

「什麼市集?」

「『鬼市!』」

酒意濃烈的孟長德,毫無意識地點頭,連個「謝」字都沒說,抬腳往前而去。

睡得正甜,康明珠突然醒了,她扭頭看一眼床頭鬧鐘,半夜將近三點。

她瞇眼,轉個身,繼續睡。

「叩,叩叩。叩,叩叩。叩,叩叩。」

又是這個節奏式的怪聲,今晚已經是第N次了,之前幾次聲音都很微細,她曾查看,找不出聲音來源,但是叩聲愈來愈響,今天更大聲,就好像有人在敲門似的。

她篤定想絕沒有人會敲她的門,可還是查看一下比較好。

一面打呵欠,康明珠下床,走出房間,湊近小客廳門板上的貓眼,望出去……

果然，外面長長的通道上，空無半人。

康明珠轉身想倒杯水，就在她半轉身之際：「叩，叩叩。」門板上突兀響起，聲音恍似就在她背後，一牆之隔而已，害她大吃一驚，她惱了！完全忘記剛剛才看過通道上都沒人，也忘記現在是半夜三點整。

回過身，拉開門鎖，打開大門，她整個人愣住了……

一位老婦人，直挺挺站在門口，臉上一道明顯紅斑胎記，由右眼延伸到半邊鼻梁。

康明珠呆了半晌，突然爆聲大喊：「媽！媽！怎麼是妳？媽……」很久……好像很久沒看到媽媽了，心底浮起辛酸，由康明珠肚腹竄上來，直衝胸口、臉頰，她忍不住淚下如雨……

兩母女手牽手，落座到小沙發，連綿無盡的親情、道不盡的思念，讓康明珠都懵了。可是媽媽細碎地說了很多很多，她卻完全聽不清楚。

傷慟惑亂了她的心，淚蒙蔽了她的眼，直到……

直到無意間，淚眼模糊中，瞄到牆面上的一面長鏡裡，只有她自己一個人傴僂著背脊在哭泣……

錯愕之下，康明珠立刻轉頭，觸視到康媽滿臉愁苦臉容——活生生的媽媽呀？

康明珠再次扭頭望鏡子，依然只有她自己坐在沙發，她又扭頭看康媽……一連數次，都是一樣，康明珠一顆心砰然躍動，她的動作跟她的心同樣迅捷，猛跳起來，目瞪口呆，退到角落……

這時她猛然清醒了、記憶瞬間全跳回來。

一年前，康媽發生車禍，被判定是意外亡故，那段時間，她失魂落魄地過日子，好幾個月後才努力振作起來，重回職場，那，眼前的康媽，是………？

「我敲了幾天門，妳今天才開門讓我進來，見面不容易哦。」康媽聲音低沉沙啞。

「妳……眞的是媽媽？媽媽不是早在……」

儘管心底認定是康媽，有一股聲浪告訴自己：別怕！別怕！但卻忍不住，打腳底顫抖起來，一路往上升，導致雙腿、身軀、臂膀，不聽控得全都戰慄不止。

「一年多前就走了。」康媽淡淡牽動笑紋，帶著幾分陰晦。

康明珠張嘴、喘著大氣，手捂緊胸口，緊貼著牆壁，因爲已經退無可退了。

既然被識破了，康媽再無法隱匿，它……徐徐抬起眼，眼眶睜突，眼白當中唯一丁黑點，形容詭譎，突兀傳來高亢而尖銳的聲音：「妳怕我？是不是？」

心事被戳破，康明珠臉紅氣粗，虛虛地一逕搖頭，卻無法出聲說話。

「不要怕，我不會傷害妳。」康媽僵硬地搖頭：「我回來找……人。」

——找誰？那起意外？不是結案了？況且都過這麼久了？找肇事者？幹嘛？

康媽似乎知道康明珠想的，它咧開嘴，嘴巴沒動，一根尖細舌頭，如蛇信一吞、一吐間，傳出尖酸鬼聲：「我有冤屈，死不瞑目，妳……幫我？」

那是當然的——心裡這樣想，康明珠說不出話，只能猛點頭。接著一串鬼語，半迷半糊間，導入康明珠腦際：『我有東西要交給妳。我的境遇，值得同情，『鬼市』幫忙我的……』

康媽舉高枯骨般的手，手指顫抖得很厲害，蛇信再次吞吐、吞吐……

…………

康明珠的腦際，一下子被塡滿諸多物事，她不斷頷首、點頭，整顆頭疼痛得恍似要爆炸了……

倏然間燈光整個熄滅，接著淒厲的尖銳鬼聲，由近而遠颺「嗷～～～嗚～～」

「哇……呀！」康明珠驚喊一聲，醒過來，渾身冒冷汗，周遭充斥了陰森、寒冽氣息，使她不斷顫慄。

下床，抓過毛巾，她擦掉臉上、身上的汗珠，喘著大氣。

是夢，一定是夢，她這樣告訴自己，又到客廳喝杯開水，轉眸看著電視櫃旁邊的媽媽遺照。媽媽走了一年，她心情已逐漸平復，這幾天工作壓力太大，應該是太累了，放下杯子之際，小桌上兩瓶造型精緻的玻璃瓶，壓著一張名片，讓她呆了好久、好久！

一罐玻璃是化妝水，另一罐是乳液，康明珠拿起名片，上面印著：

「興盛化工有限公司　董事　黃佳媚」

康明珠唸著這個陌生公司和人名，又看著旁邊公司的地址，仔細回溯……依稀有一點印象。

再回床上躺著，等天亮，然後替自己做了簡單早餐，換過衣服出門了。

循著名片地址，找到內湖這棟大樓公司地址，恍惚間，她想起來了！

她跟媽媽來過一次，她記得一清二楚，因爲那天她生病發高燒，但沒錢看醫生。媽媽和她在這棟大樓等了半個小時，值班人員幫忙撥電話給15樓的「興盛化工公司」，一名職員下來拿著一張Ａ４紙，上面簡略繪著地圖，媽媽千恩萬謝帶著她，依照地圖上的標示，轉向……

地圖她沒看清楚，但是她記得路線！

康明珠轉身，依照記憶中的路線，走了大約半個小時，終於到了，這棟座落在鬧中取靜的透天厝，看來氣派又豪華。

對！正是這棟，雕花鐵門旁，銅質門牌上，幾個黑色大字「林耕業公館」，在陽光底下，閃閃發光。

康明珠捏緊包包內那兩瓶精緻瓶子，踟躕徘徊……

要認眞說，昨兒半夜三點，只是一場夢而已，她回想起父親早歿，八、九年前，她還在上國中時，媽媽交代說要去外地工作，家中只有她一個人住，媽媽準時把錢匯入她的帳號，生活無缺，對媽媽只剩國中之前的印象比較深刻。

這會，爲了個夢境，倉促趕來找名片上的陌生人，未免太唐突了吧？

還有她覺得有些奇怪，清早一起來，不曉得爲什麼居然鬼使神差讓她一路來到這裡？

忽然雕花鐵門洞開，緩緩駛出一輛黑色嶄新的克萊斯勒，康明珠忙躲入不遠處的路旁邊的一棵槐樹下，她看到司機載著的男主人，年近五十上下，國字臉，就是一副踏實企業家樣貌。

應該是公館主人——林耕業。

車子開走後，康明珠對自己搖頭……目標不是他。

剎那間，康明珠突兀地醒悟到：奇怪？自己怎麼會知道這些資訊？

「我今天怎麼啦？昨晚睡眠不夠，昏頭了？」

但有時好像又很清醒，像此刻，她就覺得應該要向公司請假，即使她根本不需要工作賺錢，媽媽車禍，對方賠償一筆金額，夠她花用，不過好好一個人，整天待在家，無所事事也很無聊。

她掏出手機，按下公司電話，一會接通了，她認得這聲音，是總機陳小姐，她告訴陳小姐，今天她要請假，不能到公司去。

請假好，關掉手機，下一步呢？

雕花鐵門旁邊的小鐵門打開了，一名傭人恭敬地送出一位戴著墨鏡、穿著時尚的高貴婦人，還不斷鞠躬。

高貴婦人婀娜多姿地跨出來，眼尾看到康明珠，她微微一怔，康明珠靦腆地朝她點頭，婦人輕啓朱唇：「咦？康小姐？就是妳，昨晚打電話給我的嗎？」

康明珠錯愕間，高貴婦人又開口：「貨呢？帶來了嗎？」

康明珠略顯木訥地點頭，掏出包包內兩罐化妝品：「請問，您是……」

「呃，我是黃佳媚。」黃佳媚欣然說：「收好，一起走吧，我剛好要出去。」

黃佳媚，沒錯！名片上的名字——康明珠收妥化妝罐，點頭，邁開腳步跟上去。

兩個走在一塊的女人都不知道，康明珠的身後有一道浮幻淡影，緊貼著她的身軀。

前面馬路，一輛計程車開過來，「唰！」地停在她們倆面前，司機有禮地下車開門。

「怎麼這時才來？」董事黃佳媚嬌嗔說。

「對不起，對不起，有點事耽擱了。董事，請上車。」

計程車一路往前，駕駛座窗外的後視鏡，閃過一團物事，司機眼角瞄到，側頭正眼望去……嚇！

整個後視鏡被一張臉佔據，臉上有一道明顯紅斑胎記，由右眼延伸到半邊鼻梁，它和司機對上眼的剎那間，臉往後飄退，司機眼神都呆愣，直盯盯看出，原來是個有年紀的老女人，在車子尾巴，追著車飛行……

「叭～～～」轟天雷也似一聲粗響，把司機嚇醒過來，嚇！對面一輛大貨車，當面急衝而來，原來是計程車偏歪到對面馬路了！

司機慌亂打轉方向盤，兩車相距不足二十公分，勘勘驚險地擦邊而過……受到驚嚇的車內三人，正待喘口氣，突然緊接著又是「噹啷！」一聲，又引起一陣虛驚……

原來是計程車窗外的後視鏡被大貨車撞掉了……

「喂！你車子怎麼開的啦？」黃佳媚揚起尖銳喊聲：「你知不知道我身價多少啊？別說把我撞死了，就算讓我受到一點點傷，你都賠不起！」

「是是，對不起，我知道。」

司機也被嚇出一身冷汗，爲什麼車行會派他出車，專職載「興盛化工有限公司」這位嬌貴的黃董事？

第一，他的技術是車行的頂尖員工；第二，車行老闆叮囑上百次，務必要小心服務黃董事；第三，他從來沒有出過這麼可怕的差錯。

黃佳媚繼續嘀嘀咕咕，說什麼要投訴車行、要賠償她的精神損失……不得已，司機一再地賠罪，加重語氣說明，以往叫他們的車多少趟了，從來都很安全，拜託原諒他這一次，黃佳媚眞的被嚇壞了，還是很不滿，最後司機只好說：

「對不起，眞的很抱歉，剛才，有個女人，在後面追著車子……」

黃佳媚瞬間閉上嘴……她往車子後面張望著，坐旁邊的康明珠跟著往後看了看。

「妳有看到什麼嗎？」黃佳媚轉回頭問康明珠。

「沒有哇！剛才的大貨車好可怕。」康明珠心有餘悸地說。這時她想起，一年前，她媽媽就是車禍亡故了的。

黃佳媚又轉向司機：「你亂說，搪塞我嗎？」

司機發誓說絕對沒有，同時把剛才所見，細細描述一遍……

當司機說著的同時，康明珠耳朵忽然一陣耳鳴，她忙掩住耳朵，好一會，耳鳴消失了，她放下兩手，司機剛好敘述完，只聽到黃佳媚對著司機問道：「你說的是眞的？」

「我可以發誓，絕沒有騙您，剛剛它出現在車窗外的後視鏡……」

黃佳媚忘形的投射一眼前方車窗外，可惜後視鏡已經被撞掉了。

「董事，求您不要向公司舉報，您也知道，我從沒出槌過，我也不願意發生……」

「好了，別再說了，專心開車吧。」

黃佳媚口吻還是很嗆，司機忙住嘴，再沒出什麼狀況，一路平安抵達目的地。

康明珠和黃佳媚下車後，黃佳媚手機響了，她掏出皮包，拿出手機，是她老公林耕業，問她到達護膚美體店了嗎？

「剛到門口。怎麼？有事？」一面走、黃佳媚一面說。

康明珠跟在她後面，亦步亦趨。

「嗯，下午有一位大客戶要到公司，兩點前妳能回公司嗎？」林耕業說。

黃佳媚看一眼手上鑲了一圈鑽石的仕女勞力士錶：「勉強可以，我催她們手腳快點。唉唷，怎不改天來？對了，我剛才差點被大貨車撞到。」

「怎麼搞的！那麼不小心？早知道，真該叫阿宏回去載妳。」

接著黃佳媚掩住手機，低聲說了一串話，林耕業聽了，語氣相當擔憂：「我說過，應該要早點去，妳又那麼忙，好啦，我催侯課長挪個時間。」

「找他……行嗎？」

「他介紹很多人試過，他這個人，做事可以信任。」

「哦，好吧。最近好像更糟糕了，我可以感覺得到。」

「嗯，妳自己多加小心。我會打電話給車行老闆。我忙，掛了，回家再談。」

收妥手機，黃佳媚瞟一眼康明珠，發現這個年輕女孩，安靜又不多話，不覺增加了些好感。

「欸，幫我按8樓。」黃佳媚說。

康明珠忙按下電梯紐，看到電梯旁的公司，細聲唸著：

「埃及豔后護膚美體公司。」

「埃及豔后護膚美體公司」有黃佳媚特定的VIP專屬包廂，走進公司，小妹迎上來，直接請進專屬包廂，恭謹問黃董事今天要點哪一位美容師？想喝什麼？想吃什麼點心？

黃佳媚搖搖手：「什麼都不要，我待會就要回公司，忙妳的去。」

「請問，開水？溫開水？冰開水？」小妹多禮地又問。

「好吧，就溫開水。」黃佳媚不耐煩地皺起眉心。

小妹退出去，關上門。

黃佳媚和康明珠落坐到沙發對面，康明珠掏出包包內兩罐化妝品，放在玻璃茶几上，黃佳媚旋開兩瓶精緻玻璃瓶蓋，各倒一點塗抹在手背上測試。

這時小妹端著溫開水、一盤黃佳媚慣常愛吃的精緻點心，然後很快退出去。

過了十多分鐘，黃佳媚粗糙手背，像被點了魔法般，一大塊粗糙皮膚，瞬間褪掉，變得光滑、細緻、白皙，還散發出微微的明亮光芒……

「喔喔……我的天！效果這麼好！」黃佳媚露出驚喜參半神情，端詳起造型精緻的玻璃瓶。

康明珠應和地點頭。只聽黃佳媚絮絮說：「爲了皮膚上這些毛病，我眞傷透腦筋，抹什麼都沒用。這裡的美容師介紹不下幾百種化妝乳液，剛抹還行，回到家，皮膚又變成原來的樣子。」

「是喔。」康明珠頓頓，又接口：「這兩罐化妝品，得來不易呀。」

點點頭，黃佳媚摘下墨鏡，現出整張臉蛋，這樣面對面，康明珠嚇然發現……

黃佳媚五官亮麗，還散發出一股魅惑風情，只要是男人看了，絕對捨不得移開視線，只是……大小的粒粒痘珠，層層疊疊布滿在漂亮眼睛的周遭皮膚，因爲太密集，形狀儼然是一雙熊貓眼。

入目之下，康明珠渾身雞皮疙瘩都站起來了。但就在下一秒，這種恐怖感覺，突兀地從康明珠思緒中整個消弭，接著她整個人恍神得更厲害了……

黃佳媚起身，走向右邊，掀開簾幕，這裡是一張舒適躺椅，所有用具，一應俱全，她躺上去，向康明珠揮手：「明珠。」

康明珠轉頭，只聽黃佳媚說：「過來吧，不必叫這裡的美容師了，妳來就好。」

康明珠點頭，掂起茶几上那兩罐化妝品，走近躺椅，精明的黃佳媚，當然看得出她不是美容師，便頤指氣使地指示康明珠，抽出角落架子上毛巾，叫她鋪在自己胸前……

雖然康明珠不是美容師，但是根本不必黃佳媚多開口，康明珠在恍神中，動作熟練，落坐到躺椅旁的椅子上，拿起化妝罐，溫柔有耐心地在黃佳媚眼皮、雙頰，塗抹起來……接著康明珠轉身去拿鏡子遞給黃佳媚。

一雙熊貓眼睛，在黃佳媚眼皮子底下，出現變化，痘痘一顆顆，緩緩塌陷、消失，雙眼周遭的膚色，還有雙腮，由黯黑轉灰，再轉白皙，雙眼徹底恢復往昔的明麗、炫亮！

過了將近二十分鐘，康明珠打一盆水來，小心翼翼地用小毛巾沾水，替黃佳媚擦拭掉臉上乳液……擦拭妥當。

黃佳媚端詳自己好久、好久……大概她也驚呆了，然後她深深吐口大氣，渾圓的胸部，明顯的一起、一伏。

康明珠轉身，從茶几上倒杯溫開水端回來，放在躺椅旁的小桌上。

黃佳媚似乎還沒看夠自己的俏麗花容，不！是她將近一年多，好長一陣子，沒見過自己這麼精緻、晶亮的肌膚，這才是她以前二十歲左右時的原貌。

「太太，喝水，溫開水。」康明珠低柔聲響。

黃佳媚倏地一驚，她叫她……太太？這稱呼……黃佳媚倏地變臉，拔高聲音：「叫我董事。」

「是。董事。」康明珠俯下臉，嘴角浮起不明顯詭笑。

瞬間，黃佳媚又恢復平常，她把鏡子交給康明珠，康明珠接下、轉身……只聽黃佳媚嬌聲清脆：「嚇！我的天！果然沒錯，就像妳昨晚在電話中講的，能夠解除我這個困擾。」

康明珠手一抖，差點把鏡子摔落地上，驚訝得她一下子清醒了幾秒鐘，但是她又迷糊了：昨晚打電話給她？自己怎麼沒印象？還有自己根本不知道她的電話號碼呀？

黃佳媚起身，下床，纖手一揮，轉向茶几沙發，坐了下來，康明珠連忙把兩瓶化裝罐拿起，放到茶几上。

「喏！妳也坐下，我不會虧待妳。」

話罷，黃佳媚掂起化妝罐，仔細端詳著罐子外觀……問著化妝罐來源、價錢、到哪裡可以大量採購……康明珠一一回答。

事實上，康明珠也不清楚，自己都回了些什麼話。

總之，黃佳媚非常滿意，康明珠又替她倒了溫開水，她喝了一大口，心情因為臉蛋整個改善，而顯得雀躍萬分，她彈跳起來，看著角落落地鏡子內自己的背影，旋轉幾個圈圈，優雅地落座，整個人散發出濃濃欣慰，興奮得話也多了：

「妳知道嗎？我皮膚其實沒這麼差，好像一、兩年前，才開始變粗、變黑。不管抹什麼化妝品都沒有用，我本打算去做換膚手術，也聯絡了醫美界最有權威的名醫……呃！天呀！我得取消約診了。」

康明珠感染到她的興奮情緒，附和的咧嘴笑著點頭。黃佳媚嘰里咕嚕自顧敘述她無可言喻的快樂心情。

也難怪，二十年前，她21歲，嫁給大她23歲的「興盛化工有限公司」董事長林耕業，由小妹跳格成正式員工、課長、副經理、不久升上經理、董事……權勢、財勢、名勢，一下子如日中天，然後之前對她不敬、欺凌過她的人，包括公司內的員工、公司往來的商界人員、下游廠商、家中傭婦，還有許多其他林林總總、不愉悅的事情，她花盡心思，耍出計策，一一都給幹掉了。

她的原則是：睚眥必報，君子報仇，十年不晚。

二十多年下來，她過得順心又暢快，加上老公林耕業的寵溺，就算是天上仙女，也沒有她過得好，直到皮膚出現狀況，她才憂煩不盡。而今好了，這個問題也化解了！

看一眼手上勞力士錶，時間差不多，便離開了「埃及豔后護膚美體公司」。

計程車揚塵而去，站在路邊恭送的康明珠，整個清醒過來，眨巴著眼，剛剛興奮情緒還影響著她，但卻無法記得很清楚，唯一記得的，是黃佳媚拋下的叮嚀：「我現在沒空，先告訴妳，我要大量訂購這一組化妝品，不計較價錢，細節等明天再連絡。」

想到此，康明珠樂壞了，聽清楚嘍，黃董事不計較價錢喔！

也許這比她的月薪還好賺呢！

睡到日上三竿，黃佳媚伸個懶腰，呆愣一會，忽地憶起讓自己快樂的心情，她忙下床，跑到衣帽間，衣帽間隔壁就是鏡子房，鏡子房四面都是鏡子，可以審查自己的正面、背面、左邊、右邊，她站定了，立刻仔細端詳自己……

喔！哦！可不是嗎？昨晚她抹臉、頸脖、雙肩……呵！有抹到的部分，就是只有兩個字：嬌媚！

臉龐整個回復到20歲左右的樣貌，有年輕的美貌和清新，又有少婦的風韻，哇！連自己都戀上自己了！

如果能天天保養身體各部位，那就更年輕、更像重生的20歲了。

忽然床邊內線話機響了……就在黃佳媚轉頭、轉身之際，眼尾掃到穿衣鏡內，有恍動的影子。

穿衣鏡是四面的，鏡內影子，一下子變成四道，所以很顯目，她反應也快，一對媚眼左閃、右瞄、前望……唔！看錯了？什麼都沒有呀！

黃佳媚依依不捨地多看一眼自己倩影，才走出衣帽間，抓起話機，是1樓傭婦阿猜姨的聲音：「夫人，有訪客。」

「誰呀？」

阿猜姨說是個姓方的女人，三天前跟夫人約好，有重要的事相談。

掛斷內線話機，黃佳媚整裝好、下樓來，方小姐被阿猜姨安置在西式客廳這邊，奉上杯咖啡。

方小姐攜帶兩罐茶葉來談業務。

原來黃佳媚本性愛錢如命，長期以來掌控了公司實權，許多為了業務、搶業績的人，早風聞她的嗜好，當然投其所好，而黃佳媚呢，來者不拒，只有嫌少、不嫌多的賄賂，這些賄賂充實了她滿滿的私房錢。

就有因為少送賄賂，導致工作、業務報銷了的人，四處告狀，還告到林耕業那裡。

結果，黃佳媚計策多端、又精明能幹，總找來一些不實人證和物證，加上連篇謊言，因此她屢戰屢勝。

曾有多家公司、還有許多個人，不但賄賂被黃佳媚吞了，連業務機會也喪失，因此黃佳媚樹敵頗多，甚至有人含恨，走上絕路，家屬來找黃佳媚理論，她高興的話，拿一筆小錢打發；不高興呢，叫人把其轟出去。

總之，手段毒辣的黃佳媚，不管身邊有多大多小的煩擾事件，她完全不怕，只有常掛在嘴上的話，就是：「兵來將擋，水來土掩，我怕過誰啦？」

事實上，她完全不缺錢，可是世界上沒有人嫌錢多啦，因此她更圓滑地繼續努力吸金。

此外，她喜歡投資，當然就是希望錢愈滾愈多，也或許天理昭彰，她每次投資、每次失敗，雖然屢敗屢戰，她卻愈挫愈勇，投資失利就到處拉墊背的，連親朋好友也拉，被騙者不計其數。

不管金額大小，善於長袖善舞的黃佳媚，大小通吃，來者不拒，惹得對她有所認識的人，都咬牙切齒，卻偏偏又無可奈何。

簡單談了幾句話，黃佳媚就把方小姐打發掉，收下茶葉罐，接著她把茶葉罐拎上二樓，在臥房內打開罐子，裡面一罐是厚厚一疊美金；另一罐掂起來很輕，看來沒什麼分量了，她撇著嘴角，打開……嚇然發現，居然是一張即期支票。

一看，她有些吃驚，面額不小哩，她點點頭，滿意地把美金、支票鎖進保險箱。

雖然心情很不錯，但眼前最重要的，還是皮膚問題，黃佳媚俯近梳妝台前，再仔細審視著嬌容、頸脖……

嗯！還好。不像之前，美容師介紹的那款昂貴化妝品，當天抹、當天亮麗，睡了一覺，醒過來，就又恢復成恐怖樣貌。

看來，康明珠介紹的東西，眞的有效！

心思走到此，她決定了，遂抓起電話，撥打康明珠的手機，一會，接通了。

康明珠一聽，認得她的聲音，透著歡愉打招呼：「董事，早安。您好。」

「忙嗎？」

「是，我在公司。」

「中午，見個面，一起午餐。有空嗎？」

「有，有，當然有。」

午休時間，兩個女人在百貨公司二樓，靠窗用餐。

康明珠首先問董事，使用化妝品後，感覺如何？

黃佳媚笑逐顏開：「傻女孩，感覺不好的話，我會裸顏出來跟妳午餐？」

「呀！對齁，看我多笨。」康明珠拍拍後腦。

仔細看，黃佳媚只上了淡妝，但姣顏娟秀，硬是跟昨天完全不一樣。

接著黃佳媚問：「告訴我，妳這保養品哪裡可以買到？價格多少？」

「呃，這個……」康明珠臉現難色。

「沒關係，沒關係。」黃佳媚呵呵笑著：「我知道這是商業機密，那，這樣吧，我需要大量訂購，妳還有貨嗎？」

康明珠垂下眼猶豫著，哪來的貨啦？這兩罐怎麼來的，都有問題，叫她到哪拿貨？

才想到此，康明珠背脊忽然竄起一股寒顫，她打了個哆嗦……寒顫由背脊涼上脖子，涼上臉顏……她立刻感覺到臉上起了變化，原本自然、輕鬆的臉頰，竟變得僵硬、木訥。

原本觀察著康明珠的臉的黃佳媚，忽然一閃眼，看到朦朧輕霧間，有一張虛幻浮動的臉，只知道臉是長方形，但瞬間即消失，黃佳媚哦了一聲，整個人往後微仰。

就在這會，康明珠露出淡笑，聲音木訥、口吻謙卑：「請問，太太說大量訂購，是要訂多少？」

這語氣、這聲音，讓黃佳媚升起一抹既熟悉又疙瘩之感，但她沒注意許多，心思都在化妝品上，接口說：「嗯……最少也要幾打以上。」

「喔，太好了。」聲音變得喜悅已極：「謝謝太太……」

這會，黃佳媚聽清楚了，她聚攏起細眉心，口氣先嚴冷、後熱。

「別稱我『太太』。叫我董事。董事，懂嗎？」

「是，董事。化妝品是兩罐一組。」

「兩罐一組？下個禮拜，給我送六打過來。」

1打12組，6打72組，一組2罐，72x2=144。稍稍計算了一下，康明珠以坐姿，彎下近四十度大禮。

「謝謝！謝謝董事。請問，您是要貨到付款嗎？」

「付現。我開一張即期支票。」說著，黃佳媚掏出包包內的筆、支票，寫妥金額、簽名、撕下，交給康明珠，看到金額，康明珠都發呆了。

接著黃佳媚要康明珠塡一張收據，載明支票金額、交貨數量、時間、地點。

「……………」

好不容易已經入睡了，但迷糊間似乎有什麼，康明珠翻了個身，潛意識很擔心，困擾她的那件事，會沖走她的睡意，所以不敢多想，她再度沉入睡鄉……

「叩……叩……」

叩！果然有敲門聲，雖然不是很響，但卻清晰地灌入耳膜，她瞇著眼，猶豫著是否要搭理這個聲音？

轉望一眼鬧鐘，又是半夜三點整。

「珠～～～珠～～～開～～～門～～～」聲量陰晦又低，卻拖得長長的，讓人倍增恐懼。

康明珠拉上棉被，掩住耳朵，不敢聽，又過了一會，忽然⋯⋯

「叩⋯⋯叩⋯⋯」嚇！敲門聲居然已在她房門口！

在棉被裡喘著大氣，思緒千迴百轉，康明珠不知該怎辦。

中午和黃佳媚分手後，散走在街道上，康明珠一路懵懂間，逐漸清醒，她想不起剛剛跟黃佳媚談話內容，但記得拿了她的東西⋯⋯在包包內。

她掏出包包，看到那張即期支票，還有一張收據副本。想起來了。對她來說，是一筆大數目的貨款，問題是這批貨，根本沒個著落啊！

無計可施，康明珠撥電話向公司請假，整個下午都在馬路上閒晃，還是無計可施，忽然看到馬路邊巍然矗立著一間寺廟。

她轉進去，燃上香、虔誠拜完，剛好住持經過跟她對上眼，她忽然興起可以請問住持。

——當人在外面，陰靈可以隨時跟著人，如果在自己家裡，隔著門，自然有陰陽兩界之分，陰靈無法自由進出。

聽了住持這番話，她略爲放心，只是住持卻沒說清楚，倘若陰靈是屋主的近親，尤其是屋內有陰靈的物品，例如照片、神主牌位，當然可以自由進出。

然而，化妝品的貨源問題，還是無解。因此她漫無目的，亦無意識地晃到天黑了，都忘記肚子餓。

下個禮拜要交貨、要交貨。唉唷，進帳一筆大數目的錢，居然會讓人如此困擾？還有一點，她怎會糊里糊塗輕易答應黃佳媚呢？

一直沒再傳出敲門聲，放下心事，康明珠徐徐拉下棉被……突然，一張被放大的臉，臉上一道明顯紅斑胎記，由右眼延伸到半邊鼻梁，特別明顯、也特別恐怖，沒有心理準備，害康明珠猛嚇一跳，大喊出聲……

它伸手一揮，康明珠喊聲，硬生生被卡死。

康媽細小眼瞳滴溜溜轉動：「爲什麼～～怕我？妳答應要～～幫忙，忘記了？」

康明珠搖頭、又點頭……

「穿好～～衣服，跟我～～出去。」

康明珠詫異地看康媽，康媽接口：「帶妳～去找～～化妝品。」說完，康媽整個消失了。

康明珠喘口氣，忙起身，穿妥衣服，踏出小客廳，黑暗中可以看到等在大門口的康媽，瞬間沒入大門，康明珠連忙撈起鑰匙、袋子，開門跟出去。

這感覺很詭異，走在黑漆漆的空間中，什麼都看不到，好像也沒有風，但是康明珠耳際傳來陣陣的『嗚……呼……』聲響，像風但沒有被風吹的感覺，很詭異。

她前面有一顆不小也不大的磷火，忽左忽右，忽隱忽現，搖擺地往前，她緊跟著磷火，好一陣子，腳底踩到軟軟土地，她才知道踩在泥巴地上，接著磷火繞著一株瘦小的槐樹打轉，轉了三圈，磷火消失了，康媽由樹後冒出來。

奇怪的是，康明珠這會反倒沒有害怕的感覺，康媽手一揮，康明珠了解它的意思，從地上拾起一段枯枝，蹲下，距槐樹根不遠，開始挖土……挖掘了一陣，枯枝碰到硬物，她更加緊力道，拼命挖……

康明珠身上、臉上都是泥巴、爛土，終於挖出了三個一樣大小的髒兮兮的木盒，木盒很小，長十八公分、寬五公分、高四公分，康明珠把它擺在地上。

康媽沒有彎身或蹲下，整個身軀直接矮下去，下半身沒入土裡，高度剛好，像它蹲著樣，康明珠瞄它一眼，整個人朝後微退……這是人之常情，即使生前很親密的人，一旦成了鬼物、陰靈，任何人都無法跟它親近，何況康明珠自國中開始，就跟康媽各住一方，更是陌生。

康媽伸出鬼手，正想觸摸木盒時，一支黑得發亮的狗頭棒打過來，鬼手乍然粉碎，凌空消失，康媽迅速抬頭、縮回手，鬼手又恢復原狀。

這期間，不到三秒，微退在一邊的康明珠，看得一清二楚，她看到握住黑亮狗頭棒的是個猙獰魁壯男鬼，只聽男鬼嘎聲喝叱：「誰讓妳挖掘蔭屍盒啊？」

康媽徐徐往上冒高，向男鬼躬身爲禮：「陰差大哥好，小的向『鬼市』申請拿藥，『鬼市』允諾小的挖掘。」

原來它不是男鬼，是陰差大哥，只見它伸長另一隻坑坑疤疤大手：「有單子嗎？」

康媽直接把手伸向陰差……康明珠望過去，是空的，沒看到康媽手上有什麼。

陰差盯視一眼康媽的手，頷首，突然轉向康明珠……它猙獰恐怖的怪異詭臉上，兩隻烏黑大鬼眼，不斷湧出陣陣寒洌氣息，衝向康明珠，她駭怕得急忙低下頭。

「這是誰？」

「呀，她是小的生前、陽世間的女兒。小的在陽世有未了之事，必須借重她。」

「哼！辦完事情，記得消除掉她的記憶。」隨著話罷，陰差已整個幻化消失。

終於敢大口呼吸了，比起那一位陰差，康明珠覺得康媽看起來，一點都不可怕，康明珠鼓起勇氣問：「……媽，妳剛剛給它……陰差大哥看什麼？」

康媽搖頭，低聲道：「妳不懂，不要問。」

「哦。」康明珠轉望地上，動作很快地蹲下去，打開其中一只小木盒，入目之下，她驚詫出聲：「哇呀！這是……？」

「蔭屍！」康媽咧開嘴說。

只見木盒內，躺著一具栩栩如生、閉著眼的小娃兒，除了尺寸特小之外，小娃兒簡直就跟一般新生小娃兒一模一樣。

康媽飄過來，再次矮下身形，接著打開另兩個木盒，兩具躺著的一樣的小娃兒。

原來這是三口小棺材，盛裝的小娃娃，屬於蔭屍娃，看來陰森，康媽低語：

「三具珍貴的原物，應該足夠提煉蔭屍油……」

不到一個禮拜，康明珠就把6打72組，一組2罐，總共是144罐化妝品，趁公司午休時間，送到「林耕業公館」，黃佳媚開心之餘，問康明珠：這一批化妝品，什麼名稱？康明珠坦然笑笑：「董事，其實，我也不知道。這是一位專研美容的研究者，獨創發明出來，可以修復老化肌膚的珍貴化妝品。其實，最重要的是效果。當然，也不是每個人抹了都有效。」

然後康明珠辭出公館，趕去上班了。

心花怒放的黃佳媚，把一百多罐的化妝品小心地珍藏在穿衣間。回到臥室，她開始忙著保養。

忽然電話聲響了，是外線撥打過來，黃佳媚接下話機，對方喂了一聲，她就聽出來是她高中同學。

「喬鳳呀？」

「齁，難得找到妳，最近忙些什麼？」

「唉，還不是公司的雜事一大堆。不談了。找我什麼事？」

這就是黃佳媚的作風，她一向廢話不多，陳喬鳳喜孜孜地說：「有重要的事才找妳呀。」

「我待會就得去公司開會。妳說，什麼重要事？」

「欸，妳上回說過，說妳投資一支……什麼基金，賺翻一倍，有沒有？」

「嗯，怎樣？」

「我最近賣掉一棟房子，就是我傢俱店隔壁這棟……」

「哇！恭喜妳嘍。」

「我想投資妳上回說的那支基金，可以嗎？」

黃佳媚心中一動，聲音放低沉：「當然可以。妳準備多少？」

「七佰萬。」

深呼吸一下，黃佳媚才開口：「說真的，這是時機問題，我跟妳提的時候，妳沒有買，錯失良機。」

「呀！那怎辦？」

「兩個方法，一個是另找別支；一個是妳可以把錢存放我這裡，遇到合適的，我幫妳下單，要是時機對了，喔，七佰翻倍有多少？一千四佰，妳想想看。」

「好，下午，我匯七佰萬到妳帳戶。我只會賣傢俱，這一區塊真的不懂，一切拜託妳了。」

「別客氣，誰叫我們倆是麻吉，有福同享，有錢賺當然報妳知嘍。」

掛斷話機，黃佳媚繼續塗抹化妝品，唇角得意得露出笑意，常聽說，人逢喜事精神爽，想到自己解決皮膚的問題，看吧，馬上有進賬。

七佰萬欸，那可不是個小數目，正自喜孜孜之際，外線電話又響。

黃佳媚很意外，居然是中藥店廖老闆，兩個多月前，一家建設公司向黃佳媚招攬預售屋，價錢便宜到不行，她自己訂了一戶，就去找廖老闆，建議他這樣的價錢，可以買來增值，肯定大賺的啦。

廖老闆說他考慮看看，之後沒了音訊，不料今天竟主動打電話過來，希望黃佳媚可以介紹個地點好的給他。

掛斷話機，黃佳媚立刻撥電話到公司，要林耕業派遣阿宏回家一趟，她要用車。

阿宏回公館時，黃佳媚也打扮整裝好，然後載黃佳媚，去接廖老闆，再去找建設公司。

雙方磨了一個多小時，建設公司詳細介紹樓層、戶數，廖老闆當下訂了兩戶，這讓黃佳媚更是喜上眉梢。

阿宏載黃佳媚回家後，她累了，直接休息，不想去公司，早上跟陳喬鳳說，要去公司開會，其實是不想跟她聊太久。精明的黃佳媚，自栩算計得正確，如果跟陳喬鳳講太久，很可能就錯失廖老闆這通電話，現在好啦，兩戶的介紹費馬上入袋。

還有什麼比這個更讓黃佳媚高興的事呢？

卸了妝，黃佳媚又去沖澡，換了一身舒適輕便服，就躺到床上休憩。

但是興奮心情讓她翻來覆去，過了好久，才漸漸沉入睡鄉……

迷糊間，有人拉她的腳，黃佳媚一鼓作氣：掀開棉被、縮回腳、跳下床……前後不到十秒，她搜查整個房間，還到處查看，包括床鋪底下，完全找不出絲毫問題。

這狀況已經不是第一次了，她告訴林耕業，林耕業說侯課長認識一間很靈的寺廟主持，答應過要帶她去寺廟拜拜，或求個平安符。

可惜兩人都太忙了，忙到……忽然眼尾閃到一個影子，她急忙轉頭望去……那個方向是窗口，不可能有人在那裡出現，只見窗帘輕輕搖晃著……

「原來是風，害我嚇一跳。哼！」

這時候，已近晚昏快五點多，臥室內逐漸被黑暗吞噬，黃佳媚躺到床上，再也睡不著，只能閉眼休息著。

忽然腳趾頭接觸到……很明顯的一抹涼颼颼寒風……她略為仰起頭，望向腳……嚇呀！不是風，她親眼看到一條……白色布條尾端，拂過她的腳趾，退縮到床鋪，她動作很快，馬上起身，然後看到白布條尾端，繼續縮退向床下，就好像在床底下有人拉著白布條。

黃佳媚跳下床，轉向床尾，什麼都沒有，她又轉望方才的窗口，窗帘靜止不動，但是一抹人影，從窗口往旁邊閃過去，剛好部分肩胛、部分衣服顏色都被黃佳媚清楚地看到了！

黃佳媚錯愕地呆了半晌……衣服是橫紋的藍白相間，有些眼熟，記得曾看過這樣的上衣，但何時？何地？是誰穿過的？卻沒有印象。

也難怪，她接觸過的人何其多，誰記得誰啦？唯有記得每次的進帳金額數目。

雖然話是這麼說，可是這是對一般人而言，黃佳媚畢竟是黃佳媚，強勢、精明、加上腦筋轉得快又迅速，她幾乎把腦袋整個翻轉一遍，搜遍記憶……終於想起來了，是他……賴佑山？

回溯之前，賴佑山為了進入公司，求個技工職缺，好像捧個珠寶盒來找她，她依稀記得他說：「我家窮到沒錢，只剩幾千塊要度日，只好拿出奶奶留下的……董事您見笑了。」

那賴佑山目前怎樣了？黃佳媚馬上抓起話機，找了好一會，終於找到他家的電話撥打過去。

響了二十多聲，正想放棄，突然被接起來了，對方是個女的，黃佳媚道：「我找賴佑山。」

「賴……？他不在哩。」

「哦？還沒下班？那他幾點會回來？」

「他已經……死了。妳是誰？方便留個電話？」對方截口說。

話機差點滑溜掉，黃佳媚愣怔間，對方傳來淒清哽咽聲：「死了兩個多月，一條白色布條，把自己掛上去，一條布條而已，竟然奪走一條……命，嗚……哇～～～」

晚上七點多，「林耕業公館」的黑色嶄新的克萊斯勒，停在不遠的路旁，下車後，林耕業小心扶著愛妻下車，黃佳媚宛如一個小女孩，雍容、美艷、嬌貴，倚在丈夫懷中，似乎不勝勞累。

這就是她的特性，善於選擇場合——該強悍，她比誰都陰狠、毒辣；該軟弱，她可以變成弱不禁風。

「累嗎？」輕聲問，林耕業就吃她這一套：小鳥依人、我見猶憐。

黃佳媚搖頭。

「靈宮廟」範圍不大，可是自有一份肅穆氣勢。

林耕業抬頭看一眼宮廟，黃佳媚跟著抬頭，問：「這就是侯福丁課長介紹的宮廟？」

「嗯，侯課長說別看宮廟外觀不起眼，很靈驗。」

踏進廟裡，一名志工迎上前，確定過是林董事長，恭謹地把兩人請進右邊的小客堂，奉上茶水，退下。

一會，身著長袍的謝姓主持出現，坐在兩夫妻對面，謝主持炯炯目光，盯緊黃佳媚。林耕業正想開口，謝主持豎起手，阻止他：「什麼都不要說。我先觀察。」

小客堂安寧不到五分鐘，謝主持睜開眼睛，伸手指著黃佳媚：「妳墮過胎？」

黃佳媚立即搖頭，林耕業露出莫名其妙的神色，他知道黃佳媚為了身材，跟他說過，絕對不生小孩，他也同意，哪會有墮胎之說。

謝主持點頭：「妳最近有收過外來的東西？不管任何東西？」

黃佳媚認眞思考起來……訂預售屋的仲介費？匯入帳戶的七百萬現金？支票、美金？還有……呃！太多了，偏偏這都是她的祕密，根本無法說出口。

攏皺著細緻的彎月眉，黃佳媚再次搖頭，明亮眼眸露出無辜神色，肯定說：「絕對沒有！」

林耕業在一旁，輕聲解釋黃佳媚最近不知是太勞累還是怎的，身體變差，有時就精神不繼，還會做惡夢……

謝主持點頭，接著來到正殿，求了幾張符咒、幾枚護身符，吩咐該注意的事，兩夫妻恭敬辭出「靈宮廟」，跨出廟門，又被謝住持請進廟裡，他把林耕業拉到一旁，表情嚴肅、放低聲音：「嗯……她身上周遭，籠罩著濃濃黑氣，黑氣裡面，有數團黑影。另外在客堂有幾股小影子飄飛，但並不清晰。兩位走出廟門後，我才看清楚，剛才的幾股小影子，原來是三縷小孩童陰隲悍靈。」

林耕業大驚失色：「那，那怎麼辦？」

「噓——別嚇著你太太，你只要交代她，務必將我給的符咒和護身符戴在身上就行。」

接著幾天，林耕業遵照謝住持的囑咐，交代黃佳媚。黃佳媚很聽話的照做，把自己放鬆，別太累，護身符隨身攜帶，重點則放在保養上。當然，如果有人有需要，來公館找她，她還是繼續長袖善舞地撈錢。另外一件事，她正思忖著……該等到什麼時候，告訴陳喬鳳，已經替她下單……然後要過多久，再告訴陳喬鳳，股票下跌，七佰萬全泡湯了？

就因心思轉到這方面，日子平靜順遂地過下去。

就因相安無事，黃佳媚和林耕業都鬆懈了，還是各自忙各自的工作，尤其林耕業忙於開發公司業務，幾乎常常開會。

這晚，開完會議下班時，已經九點多了，阿宏送林耕業回公館，把黑色嶄新的克萊斯勒開去車庫停放。

林耕業舉手正要按門鈴，大鐵門徐徐打開了，一個上了年紀的傭婦，俯低著頭，舉止非常恭謹，林耕業看她一眼，他認得這位傭婦。

進入房間，林耕業發現妻子黃佳媚還沒睡，又在塗塗抹抹，他注意到妻子最近很勤於保養，看到丈夫，黃佳媚也吃了一驚，訝問道：「我沒聽到門鈴聲哩，你自己開門進來的？」

林耕業搖頭：「我沒按門鈴。傭婦開門的，可能聽到車子的聲音，知道我回來。」

「傭婦？哪個傭婦？」

「就……之前在這裡幫傭，上了年紀的傭婦。」林耕業一面卸掉西裝，解下領帶。

黃佳媚滿臉不解，漂亮眼眸一眨、一眨，想了好一會，說：「現在的傭人，是阿猜姨，沒有什麼上了年紀的傭人，好不好。還有今晚阿猜姨請假，沒人去開門，呵……看你，忙得什麼都忘記了，明明就是自己開的門，怎麼，想給我一個驚喜？搞浪漫呀？」

還眞是累了，林耕業懶得爭論，脫掉西裝褲，丟下一句：「給我拿換洗的衣物。」

望著跨出房間的丈夫，敦厚的背影，黃佳媚回應著：「早放在浴室內了。」

說完，黃佳媚回頭面朝化妝鏡繼續忙。依黃佳媚想法，這麼好又有奇效的化妝品，抹越多可以更迅速恢復美顏和青春，不只是臉，她全身美容，每天分三次，早、中、晚各保養一次。

忽然眼角瞥到右邊額頭上，有一塊紅黑淡斑，這之前沒有呀，把臉湊近前，她按壓一下，馬上打開化妝水、乳液，又推又抹……

倏然，她停止動作，凝眼望著。鏡面向著房門，房門外是暗幽幽的通道，門邊站了一道只露出半邊身的灰色影子。

黃佳媚轉頭望去……沒有人呀！

她扭回頭繼續按擦右邊額頭，嘿！影子又出現了。

這次她很快站起，面向房門，間不容髮之際，灰色影子的一角，恰恰消失在門旁外。

黃佳媚立刻跑向房門邊，左右探看，原本有小盞壁燈的通道，無端閃滅了一下又恢復，不過通道是空的，沒人，這時林耕業披著浴巾，從後面浴室走出來。

「你現在才洗好？」

林耕業一怔，隨即點頭：「我太累，沒有泡澡，想早點休息，明早還有一場重要會議。」

兩人一起進入臥房，黃佳媚想……剛剛看到的灰色衣角，絕對不是林耕業的。

想到這裡，她看一眼丈夫身上：純白色麻紗上衣、花色四角褲。

「妳也早點睡。」林耕業瞄一眼妻子：「不曉得都在忙什麼，瞧妳，臉色蒼白。」

「有嗎？亂講！」黃佳媚撫著臉頰，感受到的，是絲綢般的滑嫩、像年輕時的緊繃。

林耕業看到妻子最近不再抱怨，說東道西：什麼有人拉她的腳、看到黑影……等等，終於可以放心忙公司業務，明天還有個重要會議，放下心，他很快沉入夢鄉。

已經快一個多月，康明珠自從把整整的六打化妝品，送去「林耕業公館」後，一筆大數目貨款兌現、入帳後，她就向公司辭職，整天窩在小小的套房住家，鮮少出門。

整整一個月，沒看到康媽再出現來找她。

康媽來找她，她固然害怕；不來，她也不得安寧，幾乎每天都過得心驚膽戰。

每次康媽來，都是半夜三點整，細細回想，一年多前，康媽發生車禍，送去醫院，為了見康明珠一面，苟延殘喘，勉強留到她到醫院，康媽才嚥下最後一口氣，那時正是半夜三點整。

上次出現時，康媽說過：她有冤屈，死不瞑目，回陽間來找人。

什麼冤屈？找誰？誰是它的仇人？

康媽又不說清楚，只說要康明珠幫忙，幫什麼忙？無非就是找凶手，但事情都結案了，撞死康媽的凶手，也付了一筆賠償費，還要怎麼幫忙康媽？

賣掉化妝品，讓她得到一筆豐厚金額，康明珠認為是康媽的幫忙，買化妝品的黃佳媚，可以算是恩人，所以絕非是康媽的仇人。

跟媽媽分開八年，只偶而會回來一趟，哪知道這八年中，媽媽是否認識過什麼朋友？或是她找到另一個對象，不方便讓自己知道，才不肯透漏住址？

唉唷！幹嘛不直接告訴自己，到底要找哪個仇人啦？

現在最擔心的，是那一批化妝品，黃佳媚抹了會怎樣？變漂亮、變年輕，這是不爭的事實，跟黃佳媚去「埃及豔后護膚美體公司」，她就親眼見證了化妝品的功效，問題是……

那時康明珠並不知道化妝品的源頭出處，康媽帶她去……那時候，康明珠沒有被附身，腦袋很清楚，她聽到「鬼市」，看到小棺材的小蔭屍，這才恍然大悟。

那麼，「鬼市」在哪裡？如果黃佳媚化妝品用盡了，她準備親自去「鬼市」找化妝品。

可是，一回想小蔭屍臉容有如生前般，栩栩如生，看久了，感覺它是活的，彷彿還在呼吸，很可能下一秒，它會睜開雙眼，那……很恐怖，好不好！

迷糊間，康明珠微微睜眼，看到孰悉的自家套房，耳際依稀聽到康媽飄忽的話語：

『三具珍貴的原物，應該足夠提煉蔭屍油……』

只是太累了，她瞬間又昏睡過去，睡到次日中午，整個清醒過來，發現小客廳沙發、桌上，一堆瓶瓶罐罐……

當下她欣喜莫名，只顧把貨送去林公館，而今一回想，康媽是如何提煉這批化妝品？眞是讓她匪夷所思呀？但不必想太多，事情已過去了。

「叩……叩……」

敲門聲，讓康明珠心口震跳，看一眼床頭鬧鐘……晚上十一點多了，不是……半夜三點，那……是誰？

交情好的同事、朋友不可能這時候來找她，要來也會先跟她聯絡。

「叩……叩……」又響？

走出房間，康明珠湊近小客廳門板上的貓眼……沒有人，會不會躲在貓眼旁？

於是她靜悄悄打開門縫一線……大門外的兩旁邊，都沒人呀。

再闔上門，還上了鎖，回身，康明珠輕呼口氣……

「大姊姊。」

康明珠呼吸的口氣，瞬間凝凍住，連身軀整個都停滯了，她只敢把眼睛左右轉動……客廳內一切如常，擺設也不增不減，那……股……微細卻又清晰的……

「大姊姊。」

這會聽得一清二楚，是地上，由地上往上傳來，康明珠低眼，依然只讓眼球四下打轉，身軀還是不敢動，因爲她可以確定，這絕不是康媽。

嚇！沙發一角，矗立一道小小人，高度只有十五、六公分左右，康明珠再一細看，嚇！那不是蔭屍盒內的小蔭屍嗎？

小蔭屍形狀跟躺在盒子內時一模一樣，依然閉著眼，還有它沒有影子。

「大姊姊，我終於找到妳嘍，嘻嘻……」

背脊竄起一股寒意，康明珠手足無措，呼吸變得沉重……這會，她忽然想起，剛才開門時，它就偷跑進來，只是個頭小，她沒看到。

小蔭屍緩慢地一跳，康明珠驚惶的心也跟著一跳，它繼續跳向康明珠而來，康明珠忙橫移一大步，它立即轉方向，依然向她而來。

客廳才多大？不管往哪個方向，沒跳幾跳，它都很快就會靠近，康明珠驚詫又惶恐：「不，不要過來。你……停……停住，就停在那裡。」

它眞的停住，整個小身軀，像一根矗立的短木頭，可是它會說話、會動，加上它的特異樣貌，看來就是極端陰森詭譎。

「我找大姊姊喔。」

「我……你找我沒有用，不是我……是……我媽……叫我挖，不是我要挖……」

康明珠心急氣粗地說，心中卻在責備自己：我怎麼啦？不該出賣媽媽！這就是人性，逢急難之際，本性總會直接顯現出來。

「這有差別嗎？」這口吻，哪像個小娃會說的話？

「有，有。」康明珠忙接口回，以她單純的想法，所謂被提煉，多少會受到痛苦、或者更嚴重的狀況，被提煉者，應該都會有怨恨。

康明珠緊張地又說：「我真的不知道，挖掘小盒子，竟然是…………」

它又跳了……在原地跳了三下，截斷康明珠的話，忽然它舉手，指著康明珠背後：「它……是它要找妳，我替它……引路。」

康明珠迅速轉回頭，入眼之下，心口凸碰大跳，同時整個人傾斜地歪向側邊，沒站好，腳步踉蹌著，急急又站好，否則她會摔倒在地。

一個男人，頭髮亂糟糟，穿著橫紋的藍、白相間上衣，半空中浮懸著一條白色布條，垂直掛下來，緊勒住頸脖，以至它整張臉黯青、雙眼睜凸、舌頭掛得老長……

這也算了，康明珠眼睛往下看……嚇！它腰際以下是空的！

看到這裡，康明珠才發出天崩地裂驚吼聲……

聲音讓人、和它們……兩個不是人的東西，都受不了：小蔭屍兩隻細小手臂，掩住自己雙耳：那男人雙手朝空，虛劃出一個大大的圓圈……

「賴佑山！你在幹嘛？」小蔭屍歪頭問。

「鎖住結界，免得讓可怕聲音外洩，住附近、隔壁的人類，會來探詢。」

「哇～～你好聰明。」小蔭屍在原地，調皮地跳了幾跳，拍手稱讚。

「沒什麼。」賴佑山指指自己失去的下半身：「看到沒？這是以前不懂時，所換來的代價。」

原來自殺死後的賴佑山，到處飄蕩，以上吊的猙獰模樣出現卻沒防備，旁邊有怕鬼的人類，提著一把大刀，砍向它腰際，下半身就這樣沒了。

若只是普通的刀劍、器械，它的下半身當然可以復原，問題是這把大刀擺放在恭奉關公帝君廟堂內，廟堂管理員每天細心照護大刀，久而久之，大刀有了法力。

「反正，沒了下半身，我還是一樣自在，沒關係，就不理它。」

小蔭屍點頭：「找到人啦！我回去了，嘻嘻……」

說完，不及眨眼間，小蔭屍整個幻化、消失了。

「叩，叩叩。叩，叩叩。叩，叩叩。」

敲門聲起，康明珠轉眸看一眼壁上鐘，正就是半夜三點整。

敲門聲尚未停，一道女鬼影由緊閉著的大門門板冒了出來……

鬼。

康媽出現，康明珠頓然安下心，否則她不知道該如何送走這個叫賴佑山的男不是有句話嗎？請鬼容易送鬼難，難怪康明珠無法可施。

「妳終於來了。」蹲在角落的賴佑山，身軀冒高，下半身還是空的。

憤怒，使康媽鬼臉上，由右眼延伸下來的紅斑胎記，從紅轉暗紫色。

「不用你出手，我自然會遵守規定。」

原來賴佑山受盡職的陰差託付，來看陽間的康明珠記憶是否已消除，因為陰差指引賴佑山去找小蔭屍，小陰屍領它一路找到康明珠住家，專為等候康媽。

聽出了媽媽跟賴佑山對話內容，康明珠焦急又堅定地說，消除記憶之前，她想知道，媽媽到底受了誰的冤屈？

康媽轉看著賴佑山，賴佑山因為蒙冤才上吊，他點頭，願意通融，他也想知道康媽的冤屈。

⋯⋯⋯⋯

前塵往事，往事前塵，煙霧朦朧，點點滴滴，冒噴上來⋯⋯⋯⋯

一棟坐落在鬧中取靜的透天厝，「林耕業公館」的一樓，西式客廳小茶几上，靜靜置放著一只精美鐵盒，女主人黃佳媚眨閃著明亮雙眸，心思深沉地不發一語。

坐對面的阿昆，專注看著女主人，看她久久不語，阿昆放低聲調，繼續方才話題。

「董事，您一定有辦法，拜託、拜託您，一定要向董事長推薦我。」阿昆輕撫著精美鐵盒，誠懇地接口：「這是一點心意，以後，我還會報答您，我眞的很需要這份工作。」

黃佳媚雙手交叉放在胸前：「沒辦法啦。我說過，我已經允人了。」

阿昆又說了一大串，無論神態、語辭，在在都露出誠懇，只差沒有下跪，黃佳媚有些不耐煩了，截斷他的話說：「這樣吧，你先回去，我看看狀況再說。假使這次沒有機會，我會留意其他部門，希望能找到空缺。好吧！」

「是，是，是！」

該說的都說盡、該求的也求啦，阿昆是聰明人，了解董事在下逐客令，只得起身，深深鞠了90度躬，等候在一旁，一位上了年紀的傭婦，立刻上前，引阿昆出門。

好一會，老傭婦關妥大門，又回到客廳，看到黃佳媚打開鐵盒，老傭婦識趣地忙轉身，正要退回廚房……

「阿桑，快過來看看。」黃佳媚發出興奮脆音。

傭婦聞訊，亦步亦趨地走上前，只見黃佳媚打開的鐵盒，旁邊放一層薄薄餅乾，黃佳媚指著鐵盒裡，說：「眞的想不到，阿昆這麼多禮，不過只是個技工職缺，喲！妳看。」

傭婦放眼望去，嚇！鐵盒內排滿整齊的、簇新的兩千元大鈔，她倒抽口涼氣，黃佳媚轉眸，吩咐傭婦，去她房間內保險櫃內，拿出之前收好的珠寶盒。

不久，傭婦捧著珠寶盒出來，本欲退下，黃佳媚卻讓傭婦落座，接著打開珠寶盒，盒子不大，有些老舊了，黃佳媚撈出盒中一串珍珠項鍊、幾口玉鐲、幾枚戒指……

把玩一會，黃佳媚突然問：「妳記得這誰拿來的？」

傭婦期艾地：「好像是……賴……什麼的。」

「呵……」黃佳媚笑得媚態百現，她太高興了：「對！賴佑山！看，這珍珠都微微發黃了，珍珠就要雪亮、晶瑩剔透，那才有價值。這應該是很老舊的東西了。」

傭婦是個老實人，自承身分低賤、面相不雅，向來低調，不敢亂發言、亂批評。黃佳媚將兩盒東西，相互比較，自顧說著……

小珠寶盒的價值，依她估算，根本不値幾十萬；可是鐵盒內的鈔票，據她粗估，至少應該也有兩百萬以上。末了，她玉手輕拂簇新的鈔票，偏歪著頭：「雖然，賴佑山先上門，我也允了他，但是這個吸引力太強了！」

陶醉在金錢中好一會，黃佳媚又問：「那個，阿秀幾點回去？」

阿秀是另一位年輕的傭僕，傭婦想了想：「太太交代過，打掃完，要她六點半回去。」

黃佳媚點頭：「以後，提早半個小時，讓她六點離開公館。還有家裡我身邊的事，只有妳知道，不必告訴她，連先生也不必讓他知道。」

老實的傭婦，臉孔都脹紅了，立刻蹲到黃佳媚坐的沙發邊，仰高不雅臉容：「太太，我可以發誓，絕不會對任何人，洩漏您的任何事，甚至連先生也不可能告訴他。不然，我遭天打雷劈。」

黃佳媚看著傭婦臉上，那道明顯紅斑胎記，由右眼延伸到半邊鼻梁，她其實非常清楚，這位傭婦肯定値得信賴。

但善於僞裝的黃佳媚，馬上拉傭婦起來，放軟口吻：「我只是隨便說說，妳何必急呢。起來，起來。幹嘛啦？向來我都當妳是自己人，我也知道妳這個老實人，値得信任喏。」

「是，是，太太對我這麼好，就算粉身碎骨也要報效太太。」

黃佳媚點點頭，從鐵盒內順手抓起幾張兩千元新鈔，遞給傭婦，傭婦打死都不接，推了一會，黃佳媚放回鐵盒內，將鐵盒、珠寶盒收拾妥當，吩咐傭婦鎖進房間內的保險櫃內。一會，傭婦又出來待命。

黃佳媚打個哈欠：「明天十一點，我有約，要去做臉，記得喊我。晚了，下去休息吧。」

「是。」

望著傭婦老實的背影，黃佳媚漂亮臉蛋，浮起詭誕表情……她其實很了解傭婦，人老實、又是單親家庭，八年前李嫂來應徵，在黃佳媚縝密心思下，規定只能半年回家一次，幫傭地址也不能透漏，如果可以，才有機會被錄用。

看在豐厚的月薪上，傭婦滿口應允了。此後，她恪守規定，工作勤勞，不多話，有時候甚至不回家，她說反正回家也沒什麼事，這才贏得黃佳媚的信任。

當然，偌大林公館需要多位幫傭的傭人，黃佳媚給的月薪頗豐厚，不過黃佳媚防備心極強，為了保密，不想被傭人發現她的私事，她錄用一個傭人，絕不會超過三年，除了年紀大的這名傭婦，只有一位司機，待了四年多左右。

黃佳媚這策略，贏得她先生林耕業激賞，稱讚說，他很幸運娶了個賢內助，因此「興盛化工有限公司」除了部分業務，必須林耕業親自下達指令之外，絕大部分都交給黃佳媚決定。

……

聽罷，康明珠明白了，原來媽媽就是那位老傭婦。

在此同時，一旁的賴佑山也恍然大悟，它舌信一吞、一吐地亂晃……顯示它極度憤恨、極度不甘心，這也使它一張鬼臉，更加猙獰。

最近，黃佳媚完全沒有進帳，唯一值得稱道的好業績，是那筆七佰萬，轉換主人，成了她的囊中物。

還記得她撥電話給陳喬鳳，告訴她，最近公司太忙，她無暇管理，請銀行經紀人殷詩遊，替她買股，結果下單的那支基金，短短一個月，股價跌宕谷底，別說陳喬鳳的七佰萬，連自己投入的一仟萬也泡湯，成了一堆廢紙。

最後，她還問陳喬鳳，要把股票寄給她嗎？沉吟良久，陳喬鳳低調而無力的說：不用了。此事，就這樣解決了。

掛斷話線的剎那間，黃佳媚還興奮地在床鋪上翻滾幾圈，解決此事至少可以休息半年，不必汲汲營營，再找什麼業績！

只是黃佳媚有新的煩惱，專注於保養全身皮膚的時候，發現眼角總不時會瞟到人影，可等她轉頭，又什麼都沒有，她很懷疑，是否該去找眼科醫師？

還有最近常失眠，不曉得是不是化妝品塗抹過多的因素？她幾乎每天沉緬於保養，幾個月下來，感覺很疲乏，當初乍獲這組化妝品的喜悅感逐漸褪退中，而今竟成了一種負擔。

還有，就是之前，被拉腳趾、被寒風冷醒、看到莫名其妙的黑影……等等許多狀況，似乎又開始纏上她了，她想不透，不是到「靈宮廟」求了一枚護身符了？

是失效了？還是自己出了問題？

黃佳媚始終不得而解，昨晚又沒睡好，今天，午飯過後，黃佳媚乏累地躺在床上休息，腦袋莫名其妙浮起許多雜沓事件……

將睡不睡、迷糊之際，一股惡寒陰風襲來，黃佳媚冷得顫慄不止，翻個身，想拉條被子，卻拉到一隻……奇冷無比的手，她潛意識忙放開，但是冷手卻反而握住她的手……

床的另一邊，平常是林耕業睡的，一度以爲是丈夫，但冷得不像話的手，被她狠狠一掐，冷手鬆開了。

黃佳媚繼續撈棉被，擁緊整團棉被，一會，她感受到有人拉她的棉被……她曾規定傭人，沒事不准上二樓，所以潛意識知道，臥房內只有她一個人，棉被拉扯間，惹惱黃佳媚，她放眼望去，另一邊的床畔站了一道人影。

影子很熟悉，可是索盡枯腸，黃佳媚就是想不起那是誰，不！應該說，她整個人、身軀、腦袋突然無法動彈，也變得空泛了。

影子徐徐側轉身，面向著床尾，黃佳媚清楚看到影子舉起手，朝空中招了招……床尾端，冒出一個、兩個、三、四、五……五道黑影，徐徐上升，升到高度跟原先那道影子一般高。

總共六個影子，在床畔齊集成一排，動作一致，宛若機器人，或者說殭屍更貼切，它們一動、一頓，一動、一頓……慢慢轉身，列隊朝黃佳媚睡的這邊床畔而來。

黃佳媚腦海裡告訴自己：快……快跑！趕快逃！

這群有男、有女的黑影，完全看不出樣貌、穿著，只有十二道陰森、詭異眼芒，陰毒地直射過來，集中在黃佳媚身上。

黃佳媚被這十二道陰森眼芒灌注的心口碰然亂跳，她大口吸氣，卻只感到氧氣不足，都無法呼吸了，緊接著她的臉，灼熱起來，像溫呑的火，慢火煮青蛙般，灼熱感延伸到脖子、上胸、下胸、腹部、臂膀，持續連綿到下半身、下肢……

痛……腦袋傳來疼痛的訊息，她意圖抗拒，想求救，想擺脫它們，想趕快逃……只是全身無法動彈。

灼熱愈來熾烈，皮膚、肌肉、血管好痛、血液像翻滾的熱湯，甚至感覺到五臟六腑都快燃燒起來了。

這時男、女數條厲鬼，發出斷、續、高、低，鬼聲混沌不清，卻可聽出來，全都是討命、討錢：

『還我錢來。嗬嗬。』

『還我命，妳答應我的事呢？』

『騙子，騙子，還有，妳說過的話呢？』

陣陣襲來的寒顫，使黃佳媚驚醒過來，她捂著胸口，除了身上的痛楚，寒顫更如刺刀，刀刀刮在臉上、身上，渾身劇痛難當。

「夢？我，我做夢了？」說著，黃佳媚發現這一折騰，居然已經下午快六點了，臥室內一片昏黑暗懵。

身上、臉上傳來陣陣刺痛，她下床，坐到梳妝台前的鏡子，審視著臉孔，伸手正要摸刺痛部位，猛然看到鏡子倒影中的尾端，直直矗立著六道鬼影……

她心口劇震，夢中的情境，出現在現實中？

黃佳媚伸手急忙要找寺廟求來的護身符，卻摸了空，情急之下，她也忘記塞在哪裡了，她個性向來強勢，一時忘記身上的疼痛，她，豁出去了！

立即跳到床上，臉轉向床尾，沒錯，黃佳媚眞的看到六道鬼影，她猛吸口氣，凶戾本性，一下子高昂起來。

「給我走開！你們……」

六道黑影中的兩道鬼影，伸出兩隻鬼手，向前飄到床畔兩側，鬼臉青面獠牙，但依稀可分辨出右邊是男的、左邊是上了年紀的女鬼，身影殘破不堪，唯有兩顆鬼眼陰森慘芒，恍似承載許多怨怒。

「阿……阿桑？賴……賴……佑山？哇～～～啊～～～」

黃佳媚認出鬼臉了，驚聲尖喊中，衝向床尾，她忘記床尾還矗立了四條鬼影，其中一條鬼影飄出來，擋住黃佳媚，她睜大眼望去，這人她也熟，脫口喊出：「孟長德？是你嗎？孟長德？」

孟長德點頭，鬼臉紅通通，滿面沮喪。

黃佳媚忘記害怕，她身子往前傾，一把拉住孟長德的手，如溺水者抓住浮木：「你，看到你眞好，快，快幫我趕走這群惡鬼……」

孟長德沒有反應，低頭望著被抓住的臂膀，黃佳媚循他眼光，低下頭，嚇然驚喊一聲，放開手，但太晚了，孟長德整隻手臂腐爛、流淌著膿液、臭血，黃佳媚的雙手，也沾染到惡臭，她甩著手，不解地看著孟長德。

孟長德一顆頭，旋轉360度，再度面向黃佳媚，指著另三道鬼影：「它們來找妳算帳。我也一樣要找妳，妳逃不掉……嘔……呼呼……」

這會，黃佳媚才恍悟，它也是鬼，但是她反而扯高喉嚨：「我付給你一筆錢，讓你退休回家，我沒有虧待過你，你怎麼會死了，變成鬼？」

孟長德旋轉著頭，絮絮道出，它良心不安的想死，天天酗酒，巧遇賴佑山，賴佑山指引它去「鬼市」，它終於找到適得其所之處。

原來它是林公館前任司機，只是工作四年多，黃佳媚指使它，租借一輛車，找機會撞死老傭婦，也就是康媽。

事後，孟長德獲悉，老傭婦知道太多黃佳媚的祕密，不見容於黃佳媚。另外，黃佳媚替老傭婦買一筆高額保險費，受益人正是黃佳媚自己，領了高額意外險的錢，一大半進了黃佳媚口袋，孟長德得到一小部分的獎勵費，撞死老傭婦，孟長德還撥出一筆賠償費，賠償給傭婦家屬。

因此孟長德又嘔、又恨、又不甘心，整天藉酒澆愁。

「啊～～～～～」三更半夜，驚天動地的喊聲，衝破雲霄……

「哇～～～妳，妳，怎麼變這樣？」林耕業滾下高級彈簧床，連退數步，驚懼地死盯住妻子臉龐。

黃佳媚今天下午被一群惡鬼折騰得半死不活，渾身痛楚難當，晚上接到林耕業電話，說他公司開會，很晚才會回來，黃佳媚沮喪到極點，以內線電話打發掉所有的傭人、司機，吞了加倍的安眠藥，好不容易才入睡，這會被林耕業喊聲嚇醒了，她直起上半身，很不悅地：「幹嘛……？見鬼了？」

林耕業死命搖頭，喘著大氣：「妳，妳是佳媚？黃．佳．媚？」

「怎麼回事？因爲太漂亮，認不出我了？」很不爽地頂回去，黃佳媚只覺得全身熱烘烘，下午的疼痛感，不但持續，尤其臉孔，還加倍嚴重。

林耕業戰戰兢兢地起身，因過度驚駭，腳步踉蹌不穩，一步一步走近床畔，接著伸出發抖的手指頭，碰觸黃佳媚死板、繃緊的臉皮——瞬間，她臉龐像溶解了的油脂，流下數條橫紋，漂亮臉蛋完全變形，像一堆萎癱了、分不清皮、肉、油脂……

銳利痛楚感，鑽入心肺，黃佳媚痛到喊不出聲，下床、奔到化妝台前，看見自己的剎那間，宛如看見形容醜陋、猙獰的惡鬼。

她先是不可置信，伸出顫慄手指，她按壓頸脖，又揭開絲質睡衣，檢視胸前、臂膀……發現全身肌膚全變褐黑色，完全不如之前的白皙、富有彈性，而是僵硬、死板，有如硬紙被膠化般，額頭上一塊暗黑淡斑，沿伸到右眉、右眼，顏色鮮明、烙紅得特別顯眼……好巧，就跟老傭婦臉上的胎記，同個位置。

喘幾口大氣，她確定了，鏡子中可怕、噁爛的人，就是自己目前的模樣，沒錯！

接著她捶胸頓足、嚎啕大喊大吼……終因站不住，萎癱在地上……繼續哭，哭得天昏地暗、哭得聲嘶力竭，不知過了多久，力氣用盡，終於暫時安寧。

林耕業愣怔地看著黃佳媚一舉一動，好一會，聲音嘶啞地問：「妳到底做了什麼？變成這副德性？」

黃佳媚抬起不成形、歪七扭八的臉龐，伸手撐開縮隱在夾肉隙縫間的眼球，搖晃著站起身，從化妝檯上掂起精緻玻璃瓶子：

「這個，我抹這個。剛開始，效果很棒，我……我想，只有臉部還不夠，我得全身保養，所以……所以我全身都抹，一天至少抹三次，我……以爲可以加強恢復青春效果。」

說話的同時，黃佳媚整張臉的肌肉都在抖動，導致雙頰橫紋肌肉、水、油脂不斷往下滴淌；還有脂黃色的眼屎、鼻涕、口涎一齊併流。

看她這副樣貌，林耕業似乎被感染了，四方臉不自覺跟著皮顫肉跳……他小心翼翼地掂起化妝檯上的兩瓶化妝品，打開瓶蓋，聞了聞……聞不出什麼味道，他問：「妳去哪裡買的？抹多久了？」

「將近……兩個多月。」

接著黃佳媚帶著哽咽，連說話都很費勁地從頭開始說起：有一天很晚的晚上，一位康明珠小姐撥電話給她，大力推薦她的保養品，說對她眼皮上的痘痘，絕對掛保證，她抹了果然特別有效……

整個聽完，林耕業倒抽一口寒氣，不愧是企業家，腦袋迅速轉一圈，四方臉嚴肅地一連丟出幾個問題：「她怎知道妳眼皮上有痘痘的困擾？妳怎麼認識她的？知道她住哪裡？」

「這……」黃佳媚愣怔，搖頭，完全沒想到，也沒有概念。

林耕業又問：「所以妳還剩下三打？那妳這些東西怎麼買的？」

「我撥她手機，她直接送過來。」黃佳媚垂涎著口水，聲音死氣沉沉。

冷哼一聲，林耕業道：「詐騙集團！」

「怎麼辦？怎麼辦？我要怎麼辦啦……嗚～～～」黃佳媚像個無奈的小孩，哭得稀里嘩啦。

就在這時房門外突兀地傳來一聲輕響「喀！」。

黃佳媚慌亂地抓起被單，矇住自己的臉，低喊：「鬼！鬼！有鬼！不要，不要開門！」

林耕業扭頭看房門，很快走過去打開房門，門外空無一人，他安慰黃佳媚。

「沒有，沒有鬼，也沒有人，別怕。」

黃佳媚接口說起今天下午，一群可怕的鬼，圍攏著她，她急切、恐懼的暈眩了。

「傭婦呢？阿秀呢？」林耕業很生氣地問：「傭人們都去哪了呢？」

黃佳媚突然大吼著：「沒有傭婦！沒有這個人！是阿猜姨啦。」

「好好好……阿猜姨去哪了？」林耕業耐住性子問。

「我叫她們提早下班，離開公館。不想讓她們知道我的事。

「好好，阿猜姨，我明早打電話給她，叫他不必來。妳一個人在家可以吧？」

黃佳媚沒有回話，林耕業心裡嘀咕著：之前幾天，明明就是老傭婦給他開門的。

但這節骨眼，林耕業不想刺激黃家媚，他放低聲音，轉開話題：

「『靈宮廟』的護身符沒有用嗎？還是過期了？哎！不過一位同業宋老闆說，他認識一位唐東玄，法力高強，傳聞他解決數十起陰陽兩界的奇聞詭事，他一定有辦法解除妳身上的怪病。」

黃佳媚眼縫中射出濃濃的希冀光芒：「趕快去找他啦，我很痛哇，臉上、身上……每個地方都痛。」

「好好好……明天早上有個會議，我會跟宋老闆碰面，再跟他提。現在，先休息，睡一會，好嗎？」

黃佳媚無奈地點頭。

林耕業指著化妝品精緻瓶子：「這樣才乖。我帶一組去公司，請侯福丁課長馬上找化驗師化驗看看，這什麼成份，看能不能補救，恢復原貌。」

「你剛不是說要找唐東玄唐先生？」

「我們可以多方面下手，齊頭並進，這樣速度快，對妳有利。另外，妳打電話給那位……什麼康小姐。」

「哼！她來的話，我會一把捏死她！」黃佳媚憤憤地說。

不愧是成功的企業家，林耕業看一眼妻子，搖頭，城府深沉地說：「不要嚇到她，妳跟她說，要買她的產品，請她帶貨過來。這種詐騙集團，我們要報警處理，讓警方替妳討回公道，懂嗎？」

黃佳媚點頭，困難地抹掉眼角油脂、眼屎。接著林耕業扶著黃佳媚，輕輕躺下，小心替她蓋上棉被……

身軀高頎、氣宇軒昂，以玉樹臨風姿態，乘風馭雲地飛過都會大城、鄉間田野，繼續往前，前面遠方，重巖萬壑中，藏著一大團濃烈、深黑烏雲。

他，唐東玄早就想上前查訪，越過數十座的山岳、窪地、密林，再往前，原來那一大團深黑烏雲，就隱藏在前方的重巖萬壑中。

深壑當中，難得藏著一方廣場，廣場不大，但是對於一群不具有實體的亡靈魂體，絲毫不見窄擠、壅塞。

唐東玄穩定在半空中，在打草驚蛇之前，他得先了解，這群惡靈在幹什麼。

「我可以幫助各位，報仇雪恨。只要你們聽我的。」

唐東玄意外發現，發話者赫然是之前幻化出「鬼市」樣貌、假冒「鬼市」、又胡亂給藥的攤販老闆呀？

難不成，攤販老闆又在賣假藥？

唐東玄不動聲色，只見種類參差不齊的眾靈、鬼魂、妖孽、夜叉齊聲歡呼……接著一群殘敗、歪形怪狀不一的惡鬼，圍聚上前，發出嘰嘰啾啾鬼聲，敘述它們的冤屈。

聽罷，攤販老闆轉頭吩咐旁邊：「阿官，記錄下來。」

「是。」臉容膚色一半焦黑、一半白的陰陽臉阿官，摸索間，手上現出紙、筆，認眞記錄著。

「嗯，你們要先替我辦件事。」攤販老闆說。

眾妖、惡鬼紛紛答應，還有的跪下來，以示虔誠。

「『鬼市』近郊，有一大片泥巴土石場上，有一株瘦小的槐樹，確切地點，阿官會領你們去。」

看到眾鬼聚精會神樣，攤商老闆接口說：「東西在槐樹根附近，你們把它給挖出來。」

——挖什麼呀？挖泥巴？挖金子？……猜疑間，鬼靈竟在竊笑。挖金子有啥用？

攤商老闆知道眾惡鬼靈的疑問，只聽他說：

「我要槐樹根底下的小棺材。據我所知，已經被挖出了三具，裡面應該還有，最好把它全部挖回來給我。」攤販老闆加重語氣：「我保證，會給各位加強靈力。」

眾惡鬼靈、夜叉齊聲歡呼……

攤販老闆得意地咧嘴詭笑，心想：這次一定要搞他個天翻地覆，嗬嗬……

忽然一圈柔和溫婉光圈，從空緩緩罩下，唐東玄宛如玉樹臨風般，緩緩下降，周遭的凶蠻烏黑戾氣頓時慢慢消失，周遭幻成一片脫俗飄逸、清新和煦。

眾靈、鬼魂、妖孽、惡鬼，紛紛散避，愈凶惡、愈強的，更是躲得更遠。

「嚇！又是你！」攤販老闆揚聲吼道。

「為什麼？你為什麼要搞得天翻地覆？上回假冒『鬼市』，我尚未跟你清算。『鬼市』得罪過你？你到底是誰？」唐東玄低磁嚮聲，不疾不徐的問。

「你想知道？」攤販老闆詭詭反問，下一秒突然疾言厲色：「我可以告訴你，一切原因，全都因爲你，就是你，我才……」

捕捉到攤販老闆微細變化的唐東玄，截口說：「我記得白素音特性，翻臉比翻書還快，你也是。還有上回你丟失了這個。」

說著，唐東玄瓷玉般的大手，翻飛出一方淡紫色絲巾，攤販老闆急忙伸手要撈絲巾，卻撈了個空。

「告訴我，你的眞正身分，絲巾，我會還給你……」

唐東玄話未說完，攤販老闆憤然冷哼一聲，身子開始打轉……唐東玄趁他尚未消失前，揚聲撂下話，不只是對他，也有告誡其他眾靈、惡鬼之意：

「別挖小蔭屍棺材，我會轉告『鬼市』土地公，眾陰差會加強巡邏。」

果然，攤販老闆消失的時刻，那一大群惡妖鬼，比他更疾速的溜之大吉。

唐東玄也不爲己甚，搖搖頭，騰空沖天……

忽然唐東玄撞上了一團溫熱而軟的東西，他耳際響起一道清脆、嬌嫩聲音：

「等一下。」

唐東玄暗吃一驚，想退，卻已來不及，他潛意識舉起雙手，嚇然抱住這團溫熱的軟東西，緊接著白素音的纖細倩影乍現，而且恰巧就被唐東玄抱了個滿懷。

兩人俱都吃了一驚，唐東玄身不由己，不得不抱著白素音，雙雙往下墜落到廣場上。

兩人翻滾了兩圈，才勘勘停住……兩人臉對臉、身軀對著身軀、眼眸對著眼眸。

他鼻息透著雄渾芬芳，她則是吹氣如蘭，兩人同時互相感受到對方柔嫩、溫馨的嘴唇。

天地在瞬間，恍似整個停止了運轉。

不知過了多久，也不知是誰先發現這尷尬的情況……好不容易，兩人分開、起身，各自拍落衣服上的沙礫，整理好衣服，面對面……

居然又是一幅劍拔弩張的場面！

「你幹嘛抱住人家？」白素音掙紅了嬌顏。

「都是你胡亂亂闖。」唐東玄人高手長，他誇張地朝空中繞一圈：「天下這麼大，爲什麼妳偏要向我撞過來……」

「你，你，你得了便宜還賣乖？你，你，欠揍。」

白素音氣得用力跺腳，舉高纖細臂膀，眼看她就要出手甩他巴掌……唐東玄也生氣了，橫著一張俊俏臉龐，一話不說，迅速後退、循來路飛回去。

「喂喂，等一下，我話還沒說完……」

話說一半，唐東玄已消失不見了，白素音急忙騰空追去，但卻撲了空……

* * *

卻說在此同時，林耕業公司的會議，直到下午一點才散會，有業務來往的宋老闆走上前，握住林耕業雙手，表示合作愉快，還有希望將來業務可以擴大合作。

林耕業欣然應允，接著問他是不是認識一位唐東玄的高人，要求他在最快時間內可以替他引薦。宋老闆答應，下午馬上跟唐東玄先生聯繫。

送走客人，林耕業進入董事長室，原想撥電話給妻子，關心她狀況，門卻被敲響。

「進來。」

侯福丁課長進來，反手關上門。

「董事長，您早上給我的最速件，化驗師已經化驗出來，派人專送過來。」

書。

「嗯，辦事效率不錯。坐！」林耕業頷首，起身，指著一旁沙發。

兩人落座到沙發，侯福丁把手上公文打開，掏出裡面一疊公文——化驗報告書。

侯福丁一面絮絮地作著口頭上的報告：

「工廠那邊傳來說，年輕的化驗師化驗不出來，換了好幾位，最後是交給王組長才搞定，他是資格最老的化驗師。」

接過化驗報告的公文，林耕業逐條逐字，仔細看下去……

兩罐瓶子成分各異，甲醇，氧化成甲醛，又再氧化成甲酸，這三份的比例是1：30：6。

此外，還有防腐液成分，乙醇、苯酚、甘油。

這些都具有毒性，兼雜有弱酸、腐蝕性，王組長當場並做過實驗，就是把兩罐不同成分的化妝品，混合在一起，居然會產生巧妙的謀和，讓使用者產生強烈療效，讓肌膚反轉成白皙、Q彈。

接著化妝品由表膚，滲透進血液、血管、骨頭內，讓使用者不知不覺中毒，使用愈久，反效果愈強，甚至會產生嚴重的傷害。

最怪的是，其中最末有二項主要成分：

一、my rrh，混合黑曜岩，這是古埃及用以掩蓋屍臭的成分。

二、油脂，這種成分，基本上有許多作用，例如保濕、潤滑、美白，但是進一步化驗，老化驗師驚訝發現，油脂含有一種罕見成分，那是從死而不腐化的屍體，抽取出來的淬煉成分，成分不多，佔不到了0．1mm。

結論是，這是非常奇怪的混搭組合，他從沒見過這種成分，目前爲止，並沒有其他化學品可以解除這種中毒現象。

精研化工有多年經驗的林耕業和侯福丁，愈看愈覺可怕，這分明就是一種：毒的大混合。

「還有，」侯福丁指著公文最下面一個條文：「這個，居然還含有微量的『氰考酮』，這是一種嗎啡型的止痛化學劑，加強麻痺，所以剛開始，中毒者毫無知覺。」

林耕業臉色嚴冷肅穆，沉吟半晌，侯福丁小心翼翼地盯望著董事長……過了很久，他動動嘴唇，終於又作罷，就等候董事長的指令。

林耕業忽然看他：「有話就說，別呑呑吐吐。」

侯福丁吃一驚，居然被看穿心事。

「是，是！據王組長說，他認識一間化工廠，廠址在山上隱密處，他們所生產化妝品的精緻玻璃瓶，跟我拿給他的那兩罐，一模一樣！」

林耕業整張臉，剎那間遽變，雙睛如激憤惡鬼眼，厲聲問：「化工廠地址在哪？」

即使天色都暗了，門口那塊「林耕業公館」銅質門牌，恍如發出譏笑般，依舊閃閃發光。

林耕業嘆了口氣，掏出鑰匙時，忽然雕花鐵門洞開了……他愣了半晌，還是走進去，一路進去、門都自動爲他而開，心情低落，加上擔心妻子的病況，他完全沒注意到底是誰開的門，直接登上二樓臥室。

昏懵臥室，依稀看得到黃佳媚躺在床上，林耕業按亮燈光，黃佳媚「唔——」一聲，動了動，林耕業忙上，走到床畔，發現紗布將她包裹得結實。

「妳看過醫生？」

黃佳媚仰起上半身搖頭：「我這樣怎麼出門？我自己包紮傷口。」

林耕業讚她幾句，對於公司的化驗報告，隻字不提，只問她，有打電話給康明珠？

「嗯，我跟她聯絡過，她說她會來找我。」

林耕業點頭，一面卸下領帶，這樣輕鬆多了，他這時才回想到：記得……妻子把傭人都遣散了，剛才回來時，誰開的門？

不過他沒問，眼前只求妻子能平安就好，其他都不重要了。

「見到她，我先打她幾巴掌。」身上痛歸痛，黃佳媚還是嘴硬、蠻橫得很。

「不行！你打她，能消除掉妳的病症？能恢復原貌嗎？」

聽了這話，黃佳媚萬分無奈地閉嘴，恨得咬破嘴唇，一絲血混雜著黃脂液水流淌下來，想她從來都是風風光光，只要她認識的人，誰不乖乖臣服？誰不對她恭謹有加？幾曾受過這種窩囊氣呀？

就在這時房門口傳來一個聲音：

「先生、太太找我？」

兩夫妻有短暫的錯愕，林耕業想到原來剛才開門的是康明珠，那一定是黃佳媚早通知她來公館。黃佳媚，心裡只有恨，恨，恨，完全沒想到其他，她吼著：

「早說過，不要叫我太太，妳耳聾啊？」

她想下床，怎知身子牽動著，整個人疼痛難當，尤其是雙腿，導致她萎頓摔下床，好在林耕業連忙扶住她，她伸出手指，顫抖不停地指著康明珠，破口大罵：「妳個賤貨，敢設計我啊？妳……」

林耕業另一手掩住妻子嘴巴，勉強笑笑，有意緩頰地轉開話題：「為什麼不要叫妳太太？」

「只有那個死鬼老傭婦，才會稱我太太。不准任何人叫我太太，懂不懂啦？」

為了緩和妻子情緒，林耕業向康明珠和藹地說：「原諒她生病，心情不好。妳過來，過來。」

康明珠步伐僵硬，筆直走到床尾，神情呆板，兩眼木訥。

「妳賣的化妝品，害她變成這樣。我問妳，有沒有辦法修復呢？」

「恐怕沒辦法。」康明珠一字、一頓地說。

「嗯，妳不怕我告妳詐騙嗎？」林耕業掛著笑容，藹然說：「如果事情鬧大了，我替妳擔心，不但得不到好處，還有牢獄之災喔。」

康明珠沒有反應，低下頭。

「如果，妳可以想辦法，讓夫人恢復原貌，我可以給妳一筆錢，夠妳一輩子花費，妳說這樣好嗎？」

康明珠迅速抬頭、點頭。

子。

「好，那，接下來呢？妳會怎麼做？」林耕業不愧是打滾商場多年的老奸鉅

「我……我只能帶兩位去找供貨源頭。」

「哦，那太好了。」林耕業露出大喜臉色，轉向黃佳媚：「妳覺得怎樣？」

黃佳媚狠瞪康明珠，到此地步，又能怎樣？只能同意，不過說眞的，到這會，她才認識到林耕業的厲害，進而欽佩他。

林耕業鬆了一口氣，又問康明珠：「源頭在哪裡？」

「在山上。請先生開車，我帶路。小的先下去等。」

說完，康明珠彎蹲著膝蓋，向兩位行個禮，再以後退之姿，退往房門外。

黃佳媚突兀地聚攏雙眉，伸手撐開眼皮，瞪大眼盯緊康明珠，這動作、這姿態，唯有對她忠心耿耿的老傭婦，慣使的禮節呀。

不一會，黑色嶄新的克萊斯勒飛快奔馳著，幾乎溶入了黑暗夜色中。

坐在副駕駛座上的黃佳媚，攢緊眉頭，回想著方才，司機阿宏駕車過來，他下車，把車子恭敬交給林耕業時，眼神怪異地多瞄了康明珠幾眼，離開時，還不斷看著康明珠背影。

康明珠毫無所覺，木訥僵硬地上了後座車，那時候，黃佳媚就很想問阿宏，

但林耕業趕時間，讓她無從開口。

車子一路開往偏僻郊外，不過不曉得是不是不常開車，還是什麼原因，林耕業一直感覺到方向盤很重，尤其是轉彎時，方向盤更是僵澀，這部新車買不到兩年，又是名車，怎麼說都不該有這種現象。

林耕業一面開、一面頻頻看車窗外的後視鏡，感覺好像車子後方，有什麼東西硬把車子往後拉。

看林耕業的動作，黃佳媚也跟著看窗外的後視鏡，她眼睛被擠壓成一線，照道理說，視線不佳，可是她居然看到車子後有五條黑影，兩條緊攀在車尾，三條黑影則以乘風破空姿態，追在車後的上空，還有一條鬼影，附著在康明珠身上。

「老公，可不可以把車子停下來？」黃佳媚忽然說。

「怎麼？」林耕業姿勢不動，只有眼睛閃芒，看一下車子上方的後視鏡，又轉望窗外的後視鏡。

不過他還是放緩車速，把車子停下來。兩夫妻下車，一齊檢視車子後方，根本看不到什麼，林耕業又低身探視車子底盤，也沒看到什麼。

林耕業笑笑道：「可能是我太生疏，很少開車，來吧，趕快上車。」

話罷，兩夫婦分兩邊往前走，黃佳媚突然看到後座上，坐著兩個人，一個長頭髮、另一個後腦綁著髮髻，她迅速打開後車門一看，哪來兩個人？

只有康明珠轉頭，跟她對望一眼。

車子繼續上路，在康明珠指引下，拐了兩個彎，路徑往上斜陡，開始上山坡，沿著山路繼續向前。

思緒飛轉間，實在憋不住了，黃佳媚終於掏出手機，撥給阿宏。

「阿宏嗎？」

「是，我是。夫人嗎？有什麼指示？」

「我要問你，剛剛跟我們上車那位小姐，你認識嗎？」

「耶……這個……」

「直說，不要隱瞞。你也知道我這個人，討厭不講實話的人。」

「是，是。夫人不認識她嗎？」

「認識我還問你？」

「……………我，很久了，記得看過她一次。她是……以前幫傭婦的女兒。」

「什麼？哪個？」黃佳媚突然提高音貝，導致林耕業轉頭看她。

「就……以前在林公館做了八年多的老傭婦。」

黃佳媚一聽，整顆心涼了半截。她側過頭，偷看後座，康明珠沒有表情，依舊坐得挺直，對於黃佳媚的話，完全有聽沒有到。

黃佳媚咬咬唇，已結成疤的舊傷，再度破開傷口，滲出血絲……轉回視線，黃佳媚深吸口寒氣：「眞的嗎？沒有騙我？」

「我哪敢騙夫人啦！還有……」

「什麼？快說。」

「我記得……」司機聲量愈來愈低，戰戰兢兢接口說：「一年前，老傭婦不是被車撞死了！可是剛才我看到她緊貼在她女兒背部。那樣子，好像母親捨不得女兒，所以……」

不等阿宏說完話，黃佳媚立刻按掉話機，同時轉回身，一雙隙縫小眼，射出銳利眼芒，死盯住康明珠，想把她看穿……但什麼都看不出來。

黃佳媚心中雖然害怕，但仗恃身邊的林耕業，加上眼前重點，是趕快找到治療病症的藥，因此她只能隱忍。

山路轉爲平緩，車子不再爬坡，再往前，是一個叉路，一塊木頭矗立著，清楚標出路名，車子一閃而過，林耕業突兀地想起，右邊那條路名，很熟……

他突然停車，倒退回到叉路口，再轉向右邊，直開過去。

他想到了，那條路正是下午在公司，侯福丁課長轉告他，化驗師王組長認識的地下化工廠的地址。

黃佳媚意識到，林耕業轉了車子的方向，她感到奇怪，沒聽到康明珠指示，該走哪條路?就開口問：「走這條路，沒錯嗎?」

林耕業緊抿住嘴，盯著前方，車開不到五分鐘，直達一間透天鐵皮屋工廠。

林耕業停車、熄火，拿出車內的化驗公文袋，以及兩罐化妝品，逕自下車，另兩個女人跟著下車。

看到頹敗、破落的鐵皮屋，黃佳媚擠聚著的眉頭，更皺緊了，她看一眼車子後面……沒看到方才追著車子的數條鬼影。

昏黑的天空、暗懵的山間，唯有頹敗工廠內透出微弱光線。

用力敲了近十多分鐘，工廠的門才被打開，一個萎萎縮縮的人探出頭，林耕業遞出名片，老練地說：「成品好了嗎?我帶錢過來，能給我多少貨?」

工廠那個人，賊頭賊眼打量他們三個、和豪華的車子，才打開門。

裡面雜亂無章，有瓶罐、有化學桶、還有辦公桌、連化驗機也具備，還充斥著濃烈的難聞怪味道。

「請問貴姓？」林耕業打量著裡面問。

「賴，賴佑海。」賴佑海長得魁梧，精芒在黃佳媚身上打轉。

聽到他的名字，黃佳媚心裡打個重重的疙瘩，雖然兩眼瞇成一線，卻不客氣地盯視過去。

「你這工廠，沒經過登記吧？」林耕業故意先來個下馬威：「算是違法？」

看著名片，賴佑海稀疏眉毛一皺、再一舒：「看來，林先生來者不善！既然這樣，我們打開天窗說亮話。」

林耕業倏地轉向他，用力點頭，指著黃佳媚：「很好。她，抹了你不合格的化妝品，變成這模樣，你有什麼話說？」

「哼！罪有應得。妳，黃佳媚活該，呵呵……想不到，我發明的化妝品，效果特別妙。」

聽他這話，林耕業夫妻俱都大訝，他認識自己兩夫妻？

黃佳媚猛吸口氣：「我問你，你認識賴佑山？」

「我是他哥哥！」賴佑海直言道出他的原由……

賴佑山想找工作，把僅存的家當——他奶奶僅存的珠寶盒，送給黃佳媚，結果珠寶盒被呑了、工作也落空，走上絕路……上吊自殺，賴佑海氣憤難平，到處打探林公館，獲悉黃佳媚的弱點，超愛整容、超愛高檔化妝品。

高中化工科畢業的賴佑海，投入鑽研化妝品，就是要找機會，將他的高檔研究品，準備推銷給黃佳媚。

黃佳媚指著康明珠，氣憤問：「所以你勾結這個賤貨，兩人陷害我？」

賴佑海精芒盯著康明珠，搖頭：「我不認識她。」

康明珠完全無動於衷，兩眼直視前方，一副木然呆樣。

這時林耕業拿出化驗公文、以及兩罐化妝品：「證據在這裡，你無法狡賴。我現在就可以撥電話給警方。」

賴佑海睜圓眼，盯住化妝品，大喊道：「呀！我的貨還沒賣出去，就被偷竊。就是這一批！兩罐一組，被偷竊的有六打，加上另一組兩罐。」說著，賴佑海唸出罐底序號的號碼。

「偷竊？」林耕業把化妝品倒過來看，竟然跟賴佑海唸的序號號碼一樣。

「數目沒錯。」黃佳媚點頭，話罷，衝向康明珠，咬牙切齒地狠甩她幾個巴掌：「裝神弄鬼，又盜竊化妝品，高價賣給我，妳給我清醒過來，賤貨！」

林耕業欲阻不及，這一分神，手中公文被壯碩的賴佑海搶過去，掏出化驗單據，他細細瀏覽……

林耕業在一旁，開口道：「除非你把解藥給我，讓我妻子恢復原貌，否則我直接報警。」

忽然賴佑海低呼出聲，林耕業連忙靠近，賴佑海指著化驗單據上，最末兩項，接口說：「這個，一、my rrh，可以掩蓋屍臭。二、油脂。佔不到0．1mm的特殊淬煉脂肪，不是我加進去的。我根本沒有這款化學液。」

林耕業露出不相信神色：「你說這批化妝品，是你提煉的，不是嗎？」

「還有，這個，佔不到0．1mm的罕見成分，又是什麼東西？我看不懂。」賴佑海轉眼看康明珠，語氣咄咄逼人：「東西是她交給你們的，怎麼不問她？」

林耕業和黃佳媚，四隻眼睛同時轉看康明珠。

「還有，我沒解藥，你要告就去告，我也不怕被關，反正我已經達到目的了。」賴佑海的口氣輕鬆，揶揄地轉向黃佳媚：「比起妳這噁爛外貌，我弟弟一條命，哪個重要呀？」

接著賴佑海下逐客令，帶著幸災樂禍眼神，看著黃佳媚：「這款化妝品，絕對沒有解藥。林董事長、黃董事，請吧。我沒空奉陪兩位。快點離開，去呀，去告我。我不怕！」

是呀，他的重點，只爲了替亡歿的弟弟，出一口氣。

在工廠內的賴佑海，以及步出工廠的林耕業三個人，完全不知道，數條鬼影中，賴佑山的鬼魂，不捨地凝望住哥哥賴佑海，殷黑鬼淚滴滴往下，把它頸脖的白布條都染黑了。

這會，康明珠變成被押的囚犯了，黃佳媚恨不得打死她洩憤，林耕業一再阻止，不斷提醒妻子，找解藥更重要！

嶄新的黑色克萊斯勒，退出叉路口，往來時路轉下山……完全無動於衷、兩眼直視前方的康明珠忽然開口：「前面，請左轉。」

駕車的林耕業聞言，打轉方向盤，就在車子轉個大彎，他猛然發現前方沒有路，一堆雜草擋住視線，再一細看，哇！雜草後面是斷崖，林耕業冒出一身冷汗。

這更證明不常開車的他，眞的是危險駕駛，尤其在這深深的山上暗夜裡，難怪他會嚇出冷汗。

他扭回頭，正要質問康明珠，康明珠打開車門，木訥地說：「對不起。沒有路，請用走的。」

深吸口大氣，還是不死心的林耕業問：「妳要帶我們去哪裡？」

康明珠突兀地咧嘴，露出牙：「找解藥。」

林耕業勉強壓抑波動的情緒，一切都爲了黃佳媚。

走在崎嶇山路上，黃佳媚穿著高跟鞋，林耕業扶著她一邊，康明珠居然自動扶她另一邊。

黃佳媚原先是甩掉她的手，但是想起方才阿宏說過的話，加上她曾看過車內有兩道人影，心中不覺升起好奇心。

應該說，她惡人有惡膽，剛開始被幾條黑鬼影嚇到，但倚仗林耕業在旁，加上鬼影沒構成傷害，所以她膽子愈大，覺得鬼也不過爾爾，有什麼好怕的？

這應了一句俗諺：惡人比鬼更可怕。

走到半路，林耕業也累了，他開口自語似說：「解藥，怎會在這種偏僻地方？難道是另一座違法的地下工廠？」

康明珠沒有反應，依然小心扶穩黃佳媚，黃佳媚感覺被扶著的手法，熟捻又穩當，很像……想到此，她顧不及腳下，轉望扶住她胳臂的手……倏然發現，這是一隻沒有肉的骷髏手。

「哇～～呀～～～」

黃佳媚驚吼甩掉骷髏手，順勢推了康明珠一把，康明珠沒有動，黃佳媚自己卻傾跌歪一邊，好在林耕業拉緊她，不至於摔倒在地。

但同時，黃佳媚發現好幾條鬼影，緊跟在後面，她倉惶往回望，林耕業也跟著回頭，鬼影瞬間消失了。

「欸，我看這樣不行。佳媚，妳走不動，不如在這裡休息，我跟康小姐去……」

聽說要留她一個人在此，黃佳媚猛搖頭，林耕業無奈轉向康明珠：「還有多遠？我也有點累了。」

「快到了，就在前面而已。」

「這到底是什麼地方？」林耕業朝前遠望，烏黑一片，看不出什麼。

「呵呵……」康明珠突發出蒼老聲調，接口：「這裡是『鬼市』。看，前面不是有燈光。」

經她這一說，林耕業和黃佳媚同時看到前面，果眞有一片昏昏濛濛的燈光。

這時黃佳媚還是不死心，想求證，扭頭厲聲責問康明珠：「告訴我，妳媽是誰？」

剎那間康明珠宛如沒有重量的紙片人，輕飄飄旋轉身，她背部不是背部，而是一個上了年紀的蒼老太婆，她白髮皤皤，在夜空下幡然飛揚，兩眼迸射出兩道墨綠鬼芒，林耕業和黃佳媚驚恐地朝後退，腳下踩到草叢，踉蹌摔倒在地。身手還算敏捷的林耕業，抓緊黃佳媚的手，立刻站起來，但黃佳媚有困難，兩人搞了好一會，總算站起身來，轉頭要跑。

詎料跑不到兩步，數條陰森、猙獰鬼影，擋住他倆，康媽亡魂始終冷然以對。

黃佳媚一看，嚇！居然都是她認識的人。數條鬼影生前都被黃佳媚設計、陷害過。

驚駭之下，黃佳媚腦筋動得飛快，她馬上轉回頭，快口利舌地：「阿桑，想想看，我對妳怎樣，妳在我家當班，我沒有虧待過妳，想想看，我知道妳要養家，我對妳……」

一旁的林耕業，猛點頭，在這節骨眼，他很想告訴它們：放過我們，我可以給你們錢，不管多少都可以。

山嵐加上寒顫陰風，慘然襲過來，一道黑影子從天而降，黃佳媚抬眼，宛如遇到救兵，大喊：「孟良德，良德，快來、快來……」

喊著的時候，黃佳媚伸手欲拉他，不料她的手穿透過孟良德臂膀，她低頭看自己的手，再次伸手欲抓它身軀、衣角，卻總撈了個空。

林耕業見狀，低低附在妻子耳際：「別碰它，它死了，它是鬼。」

孟良德轉向康媽亡魂，跪在空中，血淚齊下：

「阿桑！撞死妳，得到那筆錢，我痛苦了很久，天天喝酒，把錢喝光了。我還是無法過安穩日子，爲了賠命、爲了懺悔，我誤入『鬼市』，死在『鬼市』裡，嗬嗬……」

「開車撞死我的人？是你？」康媽亡魂飄忽掃過孟良德，指著林耕業：「告訴他，我一片忠心，卻被設計，含冤枉死。」

孟良德轉向林耕業，絮絮說出內幕：黃佳媚替康媽保了一筆鉅額保險費，設計害死它，吞了一大半保險費，這一切都是黃佳媚主導。

鬼影幢幢，陰風慘顫，一群猛鬼，倏地擠上前，幾十隻鬼手，同時抓向林耕業夫婦……

正危急之際，頭頂罩下一片溫煦暖光，唐東玄緩然而降，他英姿瀟颯的高頎身軀，剎那間，驅逐了眾多鬼魅的淒風、慘澹、陰寒……

「哇～呀～～唐先生，救救我，救救我和我妻子。」

林耕業緊拉住黃佳媚，向唐東玄跪下去，黃佳媚也急忙開口求救。

唐東玄冠玉俊臉，劍眉微蹙，星眸掃過林耕業夫婦，尚未發話，一大群鬼魅居然圍攏聚集而來，揚起陣陣烏黑氣焰，讓林耕業兩夫婦感受到陰寒壓力，萎頓得搖搖欲倒。

唐東玄大手一翻，驅逐掉團團烏黑鬼氣，兩夫婦得以再度正襟跪好，而這群鬼魅被逼得退卻三尺外，竟然沒有再度侵襲。

「兩位請起來。」唐東玄出聲道。

林耕業和黃佳媚看到眾鬼魅都敬畏唐東玄，聽到他的話，雙雙站起身，口中不斷求饒。

「怎麼回事？居然會惹到這麼多好兄弟？」唐東玄星眸漾起晶亮光芒問。

林耕業和黃佳媚正待發話，周遭鬼魅立刻一齊上前，發出嘰嘰啾啾鬼聲，如泣如訴地道出冤屈。

靜凝一會，聽罷，唐東玄已然了解，他向眾鬼魅以及……林耕業夫婦，徐徐開口：「嗯。果然有深仇大冤，當然這其中牽涉到過去世的恩怨，必須讓『鬼市』處置。這樣吧，大家跟我一起回『鬼市』，『鬼市』會有公正、公平的定奪。好嗎？」

唐東玄一說完，一大群鬼魅頓時轟聲雷動，歡欣鼓舞，於是在唐東玄引導下，一群鬼影幢幢地跟著他。

幾天後，報紙出現一則大標題，荒郊野外山間，被人發現一具女屍，死狀甚爲悽慘，皮開肉綻，臉上面目全非，經過DNA化驗，才找到原來是一名企業界名人的妻子……黃XX。

警方隨即通知亡者家人，前來認屍。

至於這位企業名人，對於妻子的死因，始終三緘其口，不知道這位企業家不肯說？還是他根本不清楚發生什麼事？

究竟什麼原因？是家暴？或是情殺？財殺？或是意外？警方待查釐清中。

另外，康明珠前陣子，被亡魂附身，導致精神不濟，就辭掉工作，事情過後，她另找一家公司的會計工作。對於之前發生的事，完全沒有印象，隨著面對新公司的忙碌，零碎的片段也逐漸忘記，後來碰到好對象，結婚生子。

第三篇 魔書

山海高中，倚山面海，堪稱地理位置絕佳。

他常常趁著午休，攜帶書本，到後山看書。甚至為了加強課業，下課後，他揹著書包，也會往後山，到他習慣常坐的石頭上看書。

開學後，時序進入初秋，將近傍晚，一輪紅豔豔夕陽，斜掛在西方，山邊秋風襲人，眞是應了一句：秋高氣爽。

這天，他輪值日，較晚下課，到了後山，天色已經略微昏黑。

他不及欣賞山邊秋色，很快打開書本啃著，明天要小考，他想好好把握。書看得入迷了，他完全忽略天色已暗了。

「嘻……」輕笑聲傳來，沒能引起他的注意。

輕笑聲連響三次，一次比一次更大聲，他才抬頭，循聲覓人……沒人哇？

「嘻……呵……」

原來聲音在他身後，他回頭……身後山勢較高，一道窈窕身影站在一株槐樹下，雙方相距不遠，但只看出是女生，面貌卻一片模糊。

他聚攏濃眉，仔細看時，心中赫然一怔！

女生穿著學校制服，臉孔很明顯，一邊黑、一邊白，是因為樹葉陰影籠罩？還是因為天色暗沉，導致錯覺？

這時窈窕身影走出槐樹，循著高低山勢往下走……喔！果然是錯覺。

女生臉容清秀、嬌媚，唯獨眉毛斜飛入鬢，加上眸光犀利，看來就不屬於溫婉型。

她走近他，大大方方落坐到他旁邊，他尷尬地挪移身軀，好在石頭夠大，不然，雙方坐太近……那可不妥喔！

他人品好、功課名列前茅，可是遇到女生，就手足無措。

「我常看到你，劉英夫。」

他吃了一驚，怎麼連他名字都知道？

「這沒什麼，同校當然會知道彼此的名字呀。」女生大方地笑了：「叫我阿官。」

遲疑一會，劉英夫才開口問：「觀光的觀？或是關門的關？還是光明的光？」

「全都錯了！當官的官。不愧學識高，成績名列前茅。」

阿官嬌笑著，惹得劉英夫英氣的四方臉都紅透了，不知該接什麼話。阿官忽然從書包內掏出摺疊成一張小小的紙質粗糙的紙，遞給劉英夫。

「這給你。」

「這什麼？」

「以前，我家住在……繼續往上走的後山，這是我爺爺繪製的……」

這會，天色更暗，周遭被黑暗包圍起來……阿官敘述的話語，好像一首催眠曲，劉英夫都聽得糊裡糊塗。

下課鐘響，整排八年級生的教室像炸鍋般沸騰起來，該打掃的打掃；該回家的，趕著回家；有的趕著去補習班報到……

羅香綾不急不徐揹起書包，走出乙班教室門口，就被洪貴芳擋住。

「不要趕回去唷妳的書啦。今天，妳一定要跟我們走。」

「爲什麼？」羅香綾抬起眼，一雙秋瞳閃然生光。

向來以包打聽著稱的洪貴芳，篤定地壓低聲音：「天大消息。」

「看來不像騙人喔。什麼事？」羅香綾反問。

「我也不太清楚，一起走吧，邱莉在校門口等我們。」

「沒搞清楚之前，我不想去。我今天要回家溫習理化。」

「指考都過了，還看書？不瞞妳說，還有梁志民、魏文昌、高家勳都來了，還有一位神祕人物。妳聽聽看，沒有興趣，就直接回家看妳的書。」

神祕人物？是誰？看洪貴芳那麼神祕，挑起羅香綾好奇心，再說校門口也是順路，兩人連袂走出校門口，果然看到邱莉和三位男生，想不到連梁志民也眞的在現場。

梁志民和羅香綾成績向來排名在前，加上外貌登對，就被同學公認是一對。洪貴芳和高家勳不愛讀書，卻喜歡漫畫，比較常接近，也被公認成一對。魏文昌是個老好人，個性柔和，也只有他能夠忍受邱莉的強悍個性，所以兩人走得近。

羅香綾環視周遭：「不是說，還有一位神祕人物？騙人吧？我想回去。」

洪貴芳急忙拉住羅香綾：「再等一下啦。」

梁志民跟著慫恿之下，原想拒絕的羅香綾終於留下。這時高家勳手機響了，他喂了幾聲，連連點頭稱是、是、是。

關掉手機，高家勳轉向一大票人：「走嚕。他在對面轉角一間飲料店等我們。」

「到底是誰？幹嘛搞神祕？」羅香綾問，一面邁開步伐。

「反正都到了，謎底馬上揭曉嚕。」高家勳接口。

踏進飲料店，除了高家勳以外，不只羅香綾，其他四位同學都大吃一驚，竟然是甲班向來成績都包攬全年級第一名的劉英夫！

劉英夫旁邊還坐了一位跟他同班的同學，蔡宏萬。

原來乙班高家勳跟劉英夫是鄰居，高家勳常常請問他功課，兩人很熟，經高家勳解說，大夥才知道，昨晚劉英夫撥高家勳手機，兩人互Line了半個鐘頭，就約定今天下課後見面。

大夥總共八位同學，各點了飲料，坐定後，劉英夫神祕兮兮，掏出一張摺疊的粗糙紙，輕輕打開，原來是一張粗糙的地圖，當中有一個大、一個小的「星形」記號，劉英夫壓低聲音：「看到沒?就這裡，會先經過小星，往上走接著是大星，我猜，寶藏在大星這裡。」

六位乙班同學不約而同地湊近看，然後大家都失笑了。

梁志民說：「都什麼時代了，還有寶藏之說。」

魏文昌接口：「眞有寶藏，早被挖空了。」

邱莉點頭說：「以前聽說過有人去挖寶，結果是幾百年前的紙幣，呵呵，廢紙一堆。」

劉英夫搖著手指頭，認眞地說：「給我地圖的同學說，這不是普通的寶藏嚕，它的代價，不是一般俗物比得上。」

高家動接口問：「到底是什麼東西？」

「不清楚，我想找各位去尋寶。再說，地點很近，就在我們學校後山。」

「這更扯了！」魏文昌雙手橫在胸前：「我們進校快兩年了，誰聽說過寶藏？要是眞的有寶藏，歷屆以來的學長、教師、校方人員、附近居民，不都挖了。」

梁志民露出疑惑眼神問：「劉同學，你這張地圖哪來的？」

「抱歉，我不能公布。」劉英夫露出堅定神情：「給我地圖的同學說，她家以前就住在後山，就不屬於我們學校範圍。」

六位乙班同學都陷入思考。

劉英夫接口說：「原本我也不太相信，但又回想，這位同學她爺爺那個時代，有日本軍人駐紮在台灣，我曾聽說過，日本人撤退時，因爲太倉促，慌忙中把金銀財寶就地掩埋，有說埋在深山，有說藏在防空洞，或有埋在倉庫，有的……」

「呀！有，我聽說過，前陣子，媒體曾報導過，台北博愛路那裡，藏有日據時代的寶藏，就有人申請開挖。」梁志民截口說。

高家勳點頭：「對，沒錯，我看過報導，報出台灣有四、五個大據點，很可能埋著寶藏嚕。」

劉英夫看一眼他班上的蔡宏萬，繼續游說：「反正就在我們學校後山，去看看有損失嗎？搞不好，讓我們挖到一箱金銀財寶。欸，分成……八等份，通通有獎，如何？」

「我有點擔心，學校不是規定禁止我們去後山。」羅香綾秋瞳閃閃發光，「要犯了校規，要記過呢。」

劉英夫指著地圖，說他常去後山讀書，他對照過，地圖的「星形」位置，離學校範圍很遠，根本不算犯校規。

乙班同學們聽了，都向他投射不可置信眼神，他可是全校模範生，常去後山，那不就常犯校規？

劉英夫感受到眾人之意，他露出淡笑：「你們不知道吧？我家很窮，是跟人分租同一層樓，晚上回去無法專心讀書。我剛進入學校時，就跟教務主任說出我的困境，他當下特准我可以到後山看書，但交代我不要太晚回家，要我多加小心。」

大夥露出理解神色。

「我是想，如果挖到寶，有了錢，我家可以改善環境，別跟人合租房子，我也可以好好念書，這可是我的願望。」

聽劉英夫一席話，大家都靜默無語。

好一會，高家勳首先出聲：「原來如此，好，同學，我奉陪！」

其他人面面相覷，只聽劉英夫淡笑說：「沒關係，不同意就不要勉強。邀我們班上好幾位，結果只有阿萬願意來。」

聽他這話，讓軟心腸的女生們，都充滿了同情心，紛紛表示願意跟去挖寶，劉英夫眼芒乍閃……梁志民和魏文昌同時表示，既然要去，大夥就一齊去。

劉英夫笑了，接著討論地點、選休假日集合，準備尋寶。

約定假日到了，總共八位同學，帶足了餅乾、點心、水，聚集在學校旁的巷口，他們早商量妥當：

一、避開上課時間。二、不走學校後面的登山路線，不會犯校規，學校就無從處罰他們。

基隆平地少，大大小小都是山，八位同學繞過學校，經過民宅，由民宅旁的巷子進去，直驅後山，開始爬坡。

剛開始還有石板塊砌成的階梯，往上走了好長一大段，到後來沒有階梯，就只能走泥巴路，今天天氣還好，泥巴路都很乾燥，比較好走。

把地圖加以比對，才知道原來地圖遠遠超越了學校的範圍界線。

這邊山勢高又陡，這難不倒男同學，只是女生就比較嬌弱，尤其是不常運動的人，但也勉力跟著大夥往上攀爬。

不過地圖相當老舊，就算仔細對照，還是無法完全對得準眼前的山路，像走到這裡，被面前幾排槐樹給擋住山路，路徑就有點混亂了。

劉英夫連忙對照地圖，指著山延伸到小星形記號，說：「我們應該已經到了這裡。」

高家勳、魏文昌、梁志民湊近地圖研究著。

高家勳說：「可是地圖上沒有這一排槐樹嚕。」

魏文昌接口附和，劉英夫也看出地圖上沒有標示槐樹排。

梁志民徐徐說道：「我想，地圖很老舊，如果說，地圖在幾十年前就繪製，那時候應該還沒有這排槐樹吧。」

一句話，點醒眾人，尤其是劉英夫，有如被注入一股興奮劑，精神百倍，幾排槐樹的背後，是高約一層樓的石岩壁，劉英夫穿過槐樹排，仰望石岩壁，揚聲道：「沒錯！看，這裡有好幾條藤蔓，我們爬上石岩壁，小星形印記就畫在這裡。」

甲班的蔡宏萬咧開嘴，笑道：「早聽過乙班的梁志民同學，長得帥、成績優秀，嘿！原來腦筋也挺好哩。」

「同學過獎了。」梁志民謙虛地說。

高家勳挑動眉毛，靠近蔡宏萬，問道：「話說回來，同學你怎麼會想跟來？」

蔡宏萬聳聳肩，看著他先問：「高家勳同學？」看高家勳點頭，他繼續說：「坦白告訴你，我很容易撞上那種東西，重點是班上沒人願意幫忙英夫，所以我就來了。」

高家勳的嘴，張成大大的O型，弓起雙臂，伸出十指，做出鬼爪的抓人模樣。

蔡宏萬點頭，露出得意神色，又接口：「告訴你，英夫身邊有一條鬼影，臉孔……」

蔡宏萬說一半，劉英夫喊著，「阿萬，趕快來幫忙。」

丟下錯愕的高家勳，蔡宏萬趕上前，幫劉英夫拉藤蔓，測試好幾條藤蔓的堅韌度，然後攀住藤蔓，先後爬上去。梁志民測試另一條藤蔓，也爬上去。看到三個人都安全了，接著男生幫助女生，全部都攀爬上去。

登上石岩，眾人突然發現，這裡的天色，竟然是一片暗濛濛？

「怎麼回事？還不到中午耶？這太扯了吧！」

大夥走向石岩壁邊，往下探望……嚇！下面一公尺以下，一片迷濛，看不出是烏雲？還是山嵐？或是……？

同學們都很緊張、駭怕。

劉英夫輕描淡寫地說：「你們沒爬過山嗎？沒聽過高山變化多端？有時會出現許多無法想像的怪事。快點走啦，地圖上面的大星形印記，相距不遠了。」

剛聽了蔡宏萬說的，高家勳特別注意劉英夫，果然發現劉英夫的周身籠罩一層暗黑色線條，他特地上前，找藉口碰觸劉英夫、或拉他手臂、衣服，但是沒有感覺，劉英夫看來也很正常，那層暗黑色線條，到底怎麼回事？

儘管天色昏沉，路徑還是看得清楚，有的就打開手機照明，這裡的山路跟方才上山時完全不一樣，愈走天色愈暗沉。暗沉中，前方隱約出現了迷濛燈光。

「耶?怪嚕，前面是什麼?」高家勳開口問。

劉英夫沒有回答，但腳步卻加快許多，同學也跟著加快，走近了，梁志民突兀地停腳，開口說：「唉唷!難道……這是……『鬼市』?」

劉英夫瞬間臉色發白，直勾勾地看他：「你，怎麼知道『鬼市』?」

這會，大夥都停下腳，紛紛提問：什麼「鬼市」?那是幹嘛的?我們不是要到山洞尋寶?怎會遇到「鬼市」?會有危險嗎?

「我也不太清楚。」

接著梁志民說出……聽媽媽呂玉晶提起，她的閨密蘇昭容，有個五歲小孩施繼凱，曾到梁家一起玩過、談過，這小孩過度聰明，可惜後來失蹤了，遍尋不著，才知道有個「鬼市」。

同學們都聽懵了，說完，梁志民道：「要不要去『鬼市』?不曉得施繼凱小弟弟是否在『鬼市』?」

眾人靜默了很久，羅香綾首先反對，接著洪貴芳和邱莉都附和，理由是聽到「鬼市」，直覺感到那不是個好地方。

既然大家都反對，梁志民就打消念頭。接著劉英夫依地圖標示，轉往右邊傾斜朝上的山路，據他說，大顆星形印記應該不遠了。

說不遠，其實足足費了半個小時。奇怪的是，一面走，天空烏雲竟慢慢散開，天色也逐漸轉清朗。不久，走到一塊更大的大岩石，劉英夫興奮地告訴大家：「這塊大岩石，就是地圖上的大星形指標了！」

大岩石旁邊視野不錯，隱約可以看到海面，而旁邊只有小棟樹、叢叢白紋草、菅芒草、藤蔓、叫不出名字的雜草，單單不見寶藏。

大家有些發愣，翻開地圖左看右看，都不得要領。邱莉首先發飆，說被劉英夫騙了，劉英夫焦躁繞著大岩石，不斷推弄著，另一邊是懸崖，他不敢繞過去，拉著蔡宏萬，叫他幫忙找，看大岩石是否有機關。

魏文昌緩緩開口：「再找也是大岩石，找到天亮，岩石會變成寶藏嗎？」

劉英夫不理睬，繼續圍著大岩石，對照地圖。

魏文昌又開口：「高家勳，你有特異體質。現在能不能展現你的特異能量？找出寶藏位置？」

「噓！別說，拜託嚕。」山風愈來愈強勁，高家勳卻在冒汗。

「什麼？什麼祕密？什麼特異能量？快說。」邱莉忙逼問。

從來沒聽過這件事，尤其是洪貴芳更想知道。被逼不過，魏文昌才說高家勳從小看得到別人看不到的異相、異物。

「我的天啊！」洪貴芳瞪圓眼：「虧我跟你那麼好，都沒聽你說過，以後我不敢跟你走太近。好可怕！」

忽然一聲驚呼傳來：「哇～～梁志民，不好……………」

羅香綾站在大岩石邊坡往下探，邊坡大約有35度斜度，加上大岩石上的砂礫，她身軀搖晃不已，眼看就要掉下去，站得近的魏文昌一個箭步衝過去，勘勘拉住羅香綾臂膀，好一陣子沒看到梁志民，加上羅香綾驚叫聲，大家以爲他掉下去，趕近前才知道……

「喂，快來，我找到一個洞口……」梁志民聲音從岩石邊坡底下傳上來。

原來登上山岩，大家都找不到目標時，腦袋尙稱靈光的梁志民，就著周遭四下探尋，無意中看到大岩石右邊，被一大叢白紋草遮掩住，撥開草叢，他發現有一道狹窄山路，就順勢溜下去。

羅香綾看到，但不敢跟他下去，想由大岩石上面探看，卻傳來窸窣怪聲，擔心梁志民是否摔下去了，才連忙出聲。

這會，天色更暗濛，同學們幾乎全亮開手機的照明鍵，大家往右邊山路逐一溜下去。邊坡底下，突出一塊長三公尺、寬約半公尺到兩公尺不等的平面岩石。

蔡宏萬悄然靠近高家動：「原來你跟我一樣有特異體質！真是高人不露相。」

「唉，別提了！剛才沒聽到我女朋友的話？文昌害死我嚕。」

這時，梁志民撥開大把菅芒草、藤蔓，露出一個洞穴，裡面濕潤、陰森、幽暗，一旁正在審查地圖的劉英夫，忽然揚聲：「欸，快來看，高家動看到了……」

大家湊近前，地圖在手機集中燈光的照射下，大星形印記上，隱約現出一道不太高的山坡線條，接近山頂附近，突出一個小而細微的圈圈。

其他幾位同學都沒看到，只有高家動看到了，他告訴劉英夫，可是之前在飲料店內，完全沒看到這道山坡線條和圈圈。

「這山洞這麼隱密，也許眞的藏著寶藏喔。」說著，魏文昌轉看高家動：「你的特異能力，果然展現出來了。」

高家動掩不住欣喜，指著蔡宏萬說：「他也看到了，他也有特異功能嚕。」

話罷，高家動特別看一眼洪貴芳，想安她的心。

這時蔡宏萬站在平面岩石角落，背向著同學這邊，但卻沒人注意到他。

接著大夥亮開手機照明，以一男一女交叉序位，相繼謹愼踏進山洞，愈進洞內，地上愈潮濕、滑溜……

「哇～～」

洪貴芳突然大喊出聲，害後面的人都嚇一大跳，原來她踩到一堆蟑螂，有十多隻蟑螂順她的腳、小腿往上爬，她又跳又叫，在她前面的高家勳、後面的魏文昌，都幫忙拍掉蟑螂。

忽然一陣啪啦……噗哧……聲傳來，大家嚇得蹲下身去，原來是一群大小不一的蝙蝠飛出洞，地上則出現四處竄逃的山老鼠。

洪貴芳、羅香綾膽怯地低聲提出回家算了，只是拗不過男生的堅持，繼續往前。

前面有個岔口，大家拿不定主意……聚在一起討論，細細檢視地上路徑，以及岔口兩邊的狀況……左邊看來比較乾淨，右邊洞頂掛滿蜘蛛絲，地上充滿雜草、石堆、砂礫，還有藏在草堆裡蠕蠕而動的各種昆蟲、小蛇……

看到右邊恐怖的路徑，女生一致反對走右邊，魏文昌神色也很不安。

「依我的猜測，有人走過，即使有寶物，大概都被人搬光。右邊沒人走，殘留寶藏的機率比較高。」

說著，劉英夫嚴肅的比劃著，並掏出地圖，仔仔細細瀏覽，可惜有關山洞內的狀況，地圖完全沒有任何可供參考的註記或標示。

洪貴芳輕拍高家勳，低聲問：「你的特異能力呢？說說看，該走哪一邊？」

高家勳沒回應，只張大雙眼，盯著劉英夫背後。

這時只聽梁志民說：「不然這樣吧，我們分兩邊……」

膽小的魏文昌搖頭，截口說：「我反對分兩邊，英夫分析得有道理，我看大家還是一起走。小心些，男生保護好女生，應該沒問題。早點尋到寶，早點分贓嚕。」

眞的，聽到寶藏、聽到分贓，無形中，大夥的心都被鼓舞起來了。

劉英夫也點頭說：「對，我們都不熟悉山洞，最好是大家一齊走，萬一有個不對勁，我們相互有個照應。」

大夥商量一陣，最後決定走右邊。

一行人振起精神，壯起膽子，一路驅趕掉各種昆蟲、老鼠、小蛇、蜘蛛、蟑螂，再轉幾個彎，山洞豁然開朗，竟然是個小廣場。

大夥走到這裡，都沒遇到什麼讓人心驚膽戰的事物，因此壓在心頭上的巨石瞬間都消失，輕鬆地打量起周遭……

劉英夫抓著手機，在審視山洞壁，高家勳忽然靠過來：「可以請問你一件事？」

劉英夫伸手在洞壁上摳了摳，一面點頭：「可以。」

「剛剛……我們走進山洞不久，有個女生，一直跟在你後面。那是誰？」高家動聲音壓得很低。但是他忽略了洪貴芳正在旁邊撫摸著洞壁。

「唔？你在開玩笑？」劉英夫轉望高家動：「不就是洪貴芳同學？」沒錯，他後面是洪貴芳，接著是魏文昌，依序是邱莉、高家動、羅香綾、梁志民殿後。

高家動搖頭，說出女生長相：「她身材不錯，臉孔很特別，一邊黑、一邊白。」

摳著洞壁的手，徐徐放下，劉英夫正面轉向高家動，露出詫異表情……

山洞內的七位同學，都忽略了他……蔡宏萬，他沒跟著同學進入山洞。

他原本站在同學們的最後面，發現旁邊草叢在動，他凝眼一看，嚇！是一隻手……在動？在此同時，手不但吸引了他的注意力，也使他的腦海，瞬間陷入一片空茫。

周遭同學們的行動、談話，完全消失了，只見那隻手站立起來，手掌朝下，以五指當腳的爬行，爬向平坦岩石邊緣，他身不由己地追著它。

岩石範圍不大，才追三步，就追到手消失的草叢中，他蹲下身、撥開草叢……

突然，草叢冒出個十公分高的小女娃，蔡宏萬心中一喜，緊接著不到十秒間，十公分小女娃迅速長……長……長大成普通一般人高的可愛又漂亮的女孩子。

蔡宏萬目瞪口呆，嘴角淌下口水，女孩穿著學校制服，臉蛋一邊黑、一邊白，卻不失清秀、嬌媚，黛眉毛斜飛入鬢，眸光犀利，更顯得她有果斷力。

女孩轉個小圈，笑了：「同學不認識我吧？我叫阿官。」

蔡宏萬深吸口氣，將口水吸回嘴裡：「阿……阿官？呃，我是甲班，蔡……蔡宏萬。」

「誰不知道你！」阿官笑了：「見義勇為、喜歡幫忙同學的阿萬！」

蔡宏萬被稱讚得細小兩眼都睜圓了……

「我介紹幾個朋友，讓你認識，嗯？」

「呵呵……認識妳就夠了。」

阿官拍拍雙手，岩石邊幾棵槐樹葉片紛紛翻飛墜下，接著蔡宏萬身邊，冒起數道影子，影子飄搖不定，形貌猙獰，有青面獠牙，有缺手殘腿，有頭髮覆蓋臉，更有無頭影子……

「你怕它們嗎？」

蔡宏萬的眼中看來，它們只是一群人，跟自己一樣的人而已，他搖頭：「不怕。可是我比較喜歡妳。」

阿官點頭，嘉許地：「喜歡我，那麼，你願意跟它們一樣，永遠跟在我身邊嗎？」

「可以嗎？可以嗎？」蔡宏萬大喜過望。

阿官點頭，伸出潔白似玉的素手，細緻手掌上，是一瓶黑色罐子。

「哪！吃下這個。」

「這是什麼？」

「黑色毒藥！」阿官突兀地現出凶悍臉容：「看你敢不敢吃？吃愈多，跟我靠得愈近。」

蔡宏萬用力點頭，接過黑色罐子，打開蓋子，仰頭一口吞下……

「很好，你會跟它們一樣，永遠跟在我身邊。」
這時旁邊那堆飄搖不定、奇形怪狀的影子，轉起圈圈，齊聲大呼：
『請鬼拿藥！請鬼拿藥！請鬼拿藥……』

七支手機手電筒，在小廣場內閃來照去，幾乎都把範圍不大的廣場照遍了。裡面空氣不良，充斥著腐臭的怪味道，他們發現這裡有一張破敗傾頹的桌子、一把瘸了腿的椅子、歪塌一邊的單人床、床上有腐朽破爛的棉被、地上充斥許多雜物、腐爛僵化的殘食物、垃圾紙、塑膠袋、便桶……

「喔，果然有東西。嗨喲，志民的分析，果然準嚕！」
高家勳揚聲、拍拍手，幾乎密閉式的山洞，響起好大回音，洞頂、洞壁簌簌掉下碎岩細屑……讓人沒來由地心口大震，尤其是魏文昌，他小聲接口：「問題是，寶藏呢？在哪？」
「找呀！既然都來了，就詳細找，還怕寶藏飛嚕？」
大家分頭以手機照明，詳細檢視洞壁上下、地上、連見底的床下都不放過……然而，才五坪大的地方，根本藏不住什麼東西，忙碌不到十分鐘，大家都失望了。

喜歡讀書的羅香綾，走進傾歪一邊的書桌，拉出抽屜，呀了一聲，自問道：「咦，這是什麼？」

大家湊近前，一本相當老舊的書！封面是褐黑色、高約三公分，屬於精裝本型態。

羅香綾拂掉封面上灰塵、蜘蛛絲，封面上沒有字、沒有書名。

羅香綾打不開書；換魏文昌，也打不開；邱莉強悍地搶過書，用力掰開書封面……

就在這時不知由哪拂來一股寒冽陰風。

原本低著頭、在檢視洞壁底端，研究一灘水窪，到底是什麼液體的高家勳，感受到陰風寒顫，無意識地抬起頭……看到這陣陰風，夾雜著幾十條鬼影，吹向書桌方向、吹向……那本書。

高家勳一眼看到邱莉就站在書桌邊，手上還拿著那本書，他想開口喊邱莉：離開書桌。但是話尚未出口，眼睛一轉，乍然看到對面，歪塌一邊的單人床旁邊站著一個女子，臉歪背駝、兩眼一大一小，跟顫抖的嘴巴，一共三個孔洞，不斷流淌著血水，大眼對上高家勳時，顫抖的嘴巴突然歪斜，衝他一笑，不，不是笑，是不屑、輕蔑！

洪貴芳注意到高家勳急遽轉變成青黑的臉色，她出聲叫：「家勳，家勳，高家勳，你怎麼了？」

高家勳舉手，一下指著書桌、一會又轉指向歪塌一邊的單人床，咕噥地發出話語，沒人聽得懂他在說什麼，但全都跟著他一齊轉頭看書桌、又轉望向歪塌一邊的單人床……但大家眼中，單人床是空的。

就在這時呼呼風聲響起，洞口吹襲進來一大股強勁的陰風，大家不約而同地都扭頭轉望洞口……

入目之下，七個人全都驚呼出聲！

陰風夾雜著蔡宏萬，他恍如被陰風吹進來，一路被吹到書桌前停住，邱莉和羅香綾因風而瞇起眼，並且不知覺地各退向兩旁。

書桌抽屜還打開著，蔡宏萬探頭看抽屜，伸手從裡面撈出一瓶黑色罐子，打開罐蓋，仰頭一口吞下……

女生錯愕地呆愣住，男生想上前阻止，但已來不及，這時大家才醒悟到剛才蔡宏萬怎麼沒跟大家一起進來？

等蔡宏萬放下黑色罐子，丟進抽屜，男生才紛紛上前。七嘴八舌提問許多問題：他剛去哪？黑色罐子是什麼？呑下什麼東西？這到底怎麼回事？

事實上，在山洞口的事情，蔡宏萬完全沒有印象，唯一記得的，只有：趕快喝下黑色罐子的藥！

蔡宏萬自己也莫名其妙，搞不清楚怎麼回事？這時他似乎整個醒悟過來，衝大家咧嘴一笑，對大家的提問，一概搖頭，並且攤開雙手回大家的話說：「沒事啦，看我，有缺手、斷腳嗎？我正常得很哩。」

看他沒事，大家正想鬆口氣之際，蹲著的高家勳，「唉唷！」一聲，瞬間癱瘓般，倒向岩洞，靠著洞壁喘大氣，旁邊的魏文昌急忙扶住他、搖他，急切問他怎麼了？

眨眨眼，高家勳喘氣、搖頭……微顫的嘴巴不斷流淌出口水，魏文昌一顆頭轉來轉去，一面看著眾人、一面問他看到什麼？

本想上前看黑色罐子，到底是什麼的劉英夫，跟梁志民對視一眼，直覺感到不對勁，梁志民阻止魏文昌提問，劉英夫出聲，催促大家趕快出去，他領頭走在第一個，朝來時路往外退，接著是羅香綾用手機燈光照亮山路，魏文昌和洪貴芳一人一邊，扶住高家勳接著走。

梁志民催促邱莉快走，邱莉迅速闔上書，丟入包包內，手機沒關，照亮路徑，跟上前，梁志民則殿後，他轉頭，看到還在書桌前發呆的蔡宏萬，忍不住對他大喊，趕快走啦！

走出洞穴的刹那間，大家才鬆了口氣，感覺外面空氣特別清新。這時高家動推開魏文昌和洪貴芳，反問：「我怎麼嚕？」

魏文昌看看他，覺得他不像剛才，一副恐怖的怪模樣，回他：「問你呀。」

「我？我哪知道嚕！」

看高家動似乎恢復了，大夥便趕往山下，梁志民這才問他，剛剛看到什麼？

高家動皺著鼻翼說：「你們都沒看到她嗎？一個女人嚕！」

「在哪裡？我沒看到呀。」

洪貴芳說，邱莉和魏文昌齊聲應和沒看到，羅香綾也點頭說沒有呀。

梁志民問：「她在哪裡？長怎樣？」

接著高家動細細描述，床上那個女人的怪異模樣，他說完，久久沒人再開口。一會，他又問：「對了，寶藏呢？沒找到嚕？喂！我們就這樣白走一趟？」

洪貴芳忍不住，懊惱地回他：「你的命比寶藏重要吧！你不知道，剛剛在山洞內，你那模樣嚇死大家，我們只好趕快撤退。」

「喔。」高家勳垂頭說：「那就……改天再去找寶藏吧。」

一路下山，劉英夫和梁志民特別注意蔡宏萬，很擔心他吞了什麼不好的東西，可是看他整個人跟上山時一樣，精神不錯，也就放下心來。

回到平地時，已經萬家燈火，八個人互道再見，各自分道揚鑣。

回到家，晚餐後、梳洗罷，邱莉迫不及待抽出書包內那本書。她其實不是愛看書的人，只是一股好奇心作祟，她打開書封面，驚訝得咦然出聲。

她記得很清楚，在洞穴內打開書的剎那，她曾快速瞄一眼，書裡面是空白的，這會怎麼有字出現？

字體歪曲又模糊，她睜大眼看，不到三秒，字體整個變清晰、工整，她揉揉眼，只見書上寫著：

『×年10月5日，我的黑色毒藥，讓『亡靈洞』新添一名歸順者，蔡宏萬。』

書上字體會變？也太奇怪了吧？又看不懂書上的意思，邱莉就不當一回事，繼續翻閱次頁，也是空白，她又連續翻看……發現後面完全是空白。

她撇著嘴角，闔上書，把書丟到書桌角落，躺到床上閉上眼，忽然一股煙霧嗆到喉嚨，她起身想找水喝……就在這時她發現煙霧居然是……從角落那本書內頁冒出來！

顧不得找水，她忙拿起書，檢視著……這時煙霧整個消失了！

她訝異地拿起書，翻開來……嚇！書上逐字、逐句出現字體，都是歪七扭八，寫完後不到三秒，字體又整個變清晰、工整，跟剛剛一樣，只是內容完全不一樣，只見書上面寫著：

『高家勳，×年10月5日，在回家路上，過十字路口，不小心被一輛闖黃燈的廂型車撞飛，噴高三公尺，翻轉一圈，頭部朝下，撞開腦殼，紅血白腦漿噴灑滿地，當場死亡。』

這時她看懂了，但……天呀！誰在開玩笑？邱莉當場大笑，才笑兩聲，倏然停住，這本書不可能是同學寫的、更不可能是誰在開玩笑。

發了一會呆，再看一遍書上文字，唉唷！書上面的日期，不正是今天嗎？

她迅速抓起手機，撥打高家勳的手機號碼，響了好久、好久，沒人接。

邱莉自我安慰地想，或許高家勳正在洗澡、或忙什麼，沒空接電話。

心口突跳間，邱莉又撥給魏文昌，叫他聯絡一下高家勳，但她沒說出理由。

一會，魏文昌回撥給邱莉，說高家勳沒接，邱莉擔憂地問他：「高家勳會不會出事了？」

「哪會！我們退出山洞，一路下山回家，他都很正常，搞不好，他已經上床睡了，今天大家都累了，早點休息，明天再說吧。」

魏文昌的話，像一枚安定劑，邱莉想是自己太緊張了吧，怎麼會相信一本空穴來風、毫無邏輯的書？她很快就上床睡了。

次日一早，高家勳沒到校，邱莉心裡直覺地感到揣揣不安。直到午休時候，班導踏進教室，神色哀戚地向全班宣布高家勳死亡的噩耗。

邱莉當場發懵，舉手站起來，請問班導，高家勳發生什麼事？怎麼死的？

班導向邱莉投來詫異一瞥，不過班導還是一面拭淚、一面說高家人轉述的死因：「高家勳昨晚回家路上，被一輛廂型車撞飛，頭部受重創，當場死亡。」

這，跟邱莉昨晚在書上看到的狀況，幾乎是一樣的，她臉孔慘綠、身軀搖晃著，幾乎是摔跌在座位上。

一會，班導離開教室後，梁志民首先衝向邱莉，邱莉臉色辣紅，整個人似乎發燒了，話都說不清楚，這時魏文昌、洪貴芳、羅香綾陸續走過來。

梁志民覺得不宜在教室內談話，儘管邱莉強悍，梁志民比她更強勢，像拎小雞般，一把拎起邱莉踏出教室，另外幾位，跟在他們倆後面，走到籃球場邊邊，一棵榆樹下。

跟高家勳交好的洪貴芳，一臉白慘慘，走得很不穩，羅香綾扶著她，才不至於摔倒了，她雙眼忍著淚，抬頭看著大夥：「我不相信。昨晚，我們不是一起下山、回家，怎、怎麼這麼突然……」

梁志民看她一眼，轉望渾身都軟趴趴的邱莉：「妳怎麼問班導這麼奇怪的問題？」

邱莉抬眼逐一看著大夥，她相信講出來一定沒人肯相信，一時不知如何開口。

魏文昌疑惑眼神，始終沒離開過邱莉的臉，他很清楚，邱莉向來強悍，眼前的她，讓他高度懷疑——邱莉，不是原來的邱莉——難道高家勳的死，跟她有關？抑或是……她造成的？

魏文昌婉轉地說：「妳昨晚撥手機給我，記不記得？難道妳早知道……高家勳會出事？」

邱莉搖頭，雙眼濕潤，喘著大氣，卻說不出話。

「怎麼不說話?」羅香綾也感到邱莉過於異常：「我們快被妳急死了。」

邱莉猛吸口氣，望著羅香綾，眨眨泛淚的眼角：「我們進入山洞，妳找到抽屜那本書，記得嗎?」

洪貴芳也望著羅香綾，接口：「大家都打不開書，是邱莉打開了書。我記得那時候，高家動動作很怪異，差點癱瘓，還說些奇怪的話……」

洪貴芳的語意，顯然把高家動的事，歸咎於邱莉。

別說邱莉，連其他人都聽得出來，邱莉露出愧疚眼神，一旁的梁志民催促著，邱莉才開口：「我瞄一眼那本書，在山洞內，它原本全是空白，回到家，我打開書，上面居然出現字體，字體歪斜不正，一共出現了兩次字體……」

「兩次?寫什麼?」羅香綾、魏東昌、梁佑民異口同聲問。

邱莉臉色更慘白，嘴唇輕顫，就她所記得的兩次，先後徐徐唸出來：

「×年10月5日，我的黑色毒藥，讓『亡靈洞』新添一名歸順者，蔡宏萬。」

她接著唸出第二次出現的字：

「高家動，×年10月5日，回家過十字路口，不小心被一輛闖黃燈的廂型車撞飛，四肢骨折，撞破腦殼，紅血白腦漿噴灑滿地，當場死亡……」

一面聽、大夥各個露出異樣、不同的表情：有驚恐、有詫異、有無法置信……

大夥這才知道，原來那個山洞，叫做「亡靈洞」。

「我就知道，你們……不會相信我說的。」邱莉吸口大氣：「連我都不相信有這麼奇怪的事。」

梁志民攏聚眉峰：「妳確定上面的日期，是今年？這個月？昨天？」

邱莉一再點頭。

魏文昌徐徐道：「妳沒有記錯嗎？我們昨天才找到那本書呀。」

仗著跟魏文昌的情誼，邱莉對他說話，向來都占上風，這時壓抑太久的情緒，爆發到聲量上：「我哪可能記錯啦！連你都不相信我說的？」

羅香綾輕聲接口，也算替魏文昌解圍：「那本書看起來很老舊，以我曾買過二手書的經驗看來，它不止是幾十年了。」

洪貴芳抹著眼角，看著魏文昌說：「你說高家勳有特異功能，他看得到別人看不到的異相！記得昨天，出了山洞，他說他在山洞內，看到一個臉歪背駝、臉上不斷流著血水、還對他笑的女人，有沒有？我猜，搞不好不是書的問題，是『亡靈洞』裡有女鬼。」

「但是我們都安全走出山洞了，不是嗎？」魏文昌歪歪頭。

到底怎麼回事，無解。大夥靜默好一會，梁志民又開口，說：「書呢？妳丟了？」

「在我家。」邱莉搖頭：「剛開始，我以爲有人在開玩笑。可是，那本書是我親手塞入包包內，迄至回到家，直到我拿出書，都沒人動過它。如果有人想開玩笑，根本沒機會。」

抿抿嘴，梁志民下定決心說：「這樣吧，我們下午請假，去高家動家弔慰，然後再去邱莉家，妳把書拿出來，我們研究看看。」

下午二點多，在高家，高爸一面掉淚、一面細述出昨晚接到電話，他趕去現場，看到高家動的車禍慘況，完全跟邱莉看到書上記載的一模一樣。

接著高爸問起昨天，高家動跟同學們出去，到底去哪？

同學們都有點心虛，大約談起去爬山，關於「亡靈洞」的細節都略過。梁志民其實是擔心其他同學受創，事情都發生，高家動也歿了，何必再多說其他。

上香、致哀、默禱後，梁志民等五位同學，神情悲慼、眼眶紅腫地辭別高家。

跟高家動交好的洪貴芳，傷心得路都走不穩了，邱莉和羅香綾一左一右扶住她。

一行人直接往邱莉家而去，到她家附近，梁志民等人決定在一間速食店等候，讓邱莉自己回去拿書出來。

等不多久，邱莉拎著個袋子進來速食店，只有比較了解她的魏文昌，看出來她神情不尋常，他起身迎上前，接過她手上袋子，問：「妳不舒服？還是被家人罵？」

邱莉搖頭。

羅香綾接口問邱莉：「妳家人知道妳下午請假，所以被罵了？」

邱莉還是搖頭，落座還來不及點飲料，看看桌上，只有洪貴芳的飲料沒動過，她伸手拿起洪貴芳的飲料，灌了一大口……抹抹嘴角，拍拍胸口：「讓我喘口氣，呼……書中內容，變了。」

「嘎！」

在座四位同學，異口同聲地驚喊一聲，引來其他客人側目，梁志民訕訕然看一眼其他桌客人，揮揮手，道歉一聲，直說沒事、沒事。

向服務生又點杯飲料，邱莉由袋子內，掏出書放在桌上。這會，大家終於有機會，近距離的看清楚這本書：書扉頁相當老舊，封面是褐黑色、高約三公分，屬於精裝本型態。

昨天下午，在山洞內碰過書的，唯有羅香綾、魏文昌，他們一眼就認出來，沒錯，就是這本書！

「剛剛在家裡，我打開書，裡面寫的，完全變了，跟昨晚我看到的不一樣。」邱莉抖擻著嘴唇，聲音都變調了：「我可以發誓，書一直放在我書桌大抽屜，絕對沒有人動過它。」

魏文昌拍拍她肩胛：「我相信妳說的，放心，大家都一樣，不會懷疑妳。」

邱莉感激地跟魏文昌交換一個眼神，頷首。

大夥很好奇又訝異，從沒聽過、看過，有可以自己寫字的書哩？

一會，梁志民伸手，打開書封面——他的手微微顫抖。

書頁上的字體歪曲又模糊，但不到三秒，字體整個變清晰了，當大家看到開頭的字，俱都神色大變，只見書上寫著：

『嗨！大家好，我知道你們……12345，五個人在看。談談我吧，我被囚禁快百年了，終得以重見天日，太好了。呵呵……

我是雪茵，小時候生了一場大病，導致我整個人都變形了，其實我之前跟大家一樣正常，我求的也只是像一般正常人過日子而已。不過都過去了。』

看到這裡，大夥臉色微鬆，可是心裡無法輕鬆，好像被壓了一塊巨石，沉甸甸的。

過了好一會，洪貴芳看著梁志民說：「我記得，下山時，你問家勳說他看到什麼，有沒有？」

梁志民點頭，卻沉重得說不出話。

邱莉盯著書，接口：「家勳看到的，該不會就是書上自稱雪茵的人？」

「有可能……」梁志民點頭，腦中還在思維，把話頭打住了。

邱莉指著書說：「問題是，它在書上寫這些，要做什麼？」

「我也在想，它的目的是什麼？」魏文昌道。

洪貴芳用力抹著眼角，由書包掏出一枝筆，把書拽過來，放在自己面前桌上……

羅香綾拉住她臂膀，忙問她想幹什麼。

「我要問……」洪貴芳說到一半，止不住淚，掩臉說不下去。

「等等，妳要知道，我們面對的是什麼，」邱莉又轉向梁志民說：「家動的事故，應該是一個警訊。志民，你覺得呢？」

「或許是。古人說過：敬鬼神而遠之。最好不要跟它們打交道。」梁志民語氣很低調。他其實可以理解洪貴芳哀痛的心。

「不然咧？」洪貴芳憤怒丟下筆：「誰願意跟魔鬼打交道！就是因爲它，家動才發生車禍呀。」

說完，她趴在桌上哭泣，雙肩劇烈起伏，旁邊羅香綾輕撫她的背安撫她。

沉寂一會，邱莉擔憂地開口：「現在該怎辦？我想把書丟掉。」

此話一出，大家不約而同地看邱莉，洪貴芳也抬頭看她。

就在這時魏文昌低吼一聲，大家循聲望向書本，只見書上幾排字體，在眾目睽睽下——一筆、一劃、逐字、逐句的消失了。

洪貴芳也忘記哀傷，兩眼瞪得圓鼓鼓。整排書上的字體，完全消失得一乾二淨，當眾人氣都尚未喘上一口之際，書頁上又自動出現字體，就像有人在它上面伏案揮毫，而字體依然歪曲、模糊，可見出自同一個人，不，同一隻鬼手，不到三秒，歪扭字體又幻變清晰了：

『沒那麼簡單，書丟掉，會發生更不幸的事，別怪我沒有先警告各位。』

果然，梁志民心中沉甸甸之感，應驗了！

書既不能丟，邱莉又不敢帶回家，洪貴芳很想帶回去，可是眾人都不放心，梁志民想帶回去，尚未開口，魏文昌說要帶回去研究，說完他闔上書，收進書包袋內——抬起頭，看到邱莉在看他。

梁志民有點不放心，交代說：「你看看，如果不妥當，就交給我吧。」

「一言既出，駟馬難追。」

魏文昌態度堅定地說，認識邱莉至今，他始終都處於退忍、讓步，現在讓邱莉看看，他也有強勢的一面。

梁志民手機響，是劉英夫，兩人對話後，梁志民抖著手收起手機，說……

蔡宏萬昨晚半夜得急症，送去醫院掛急診，不治而亡。今天中午，醫生診斷出他體內有劇毒，但還在化驗那是什麼毒。

劉英夫又說，昨晚他倆一起回家時，蔡宏萬告訴他，吃下阿官送的黑色毒藥！

五個人臉色乍變，面面相覷。

「所以抽屜裡那罐黑色瓶子，是毒藥……」

睡到下半夜，一股不曉得什麼水，冷冷的，滴到魏文昌臉上，以爲是做夢，伸手一抹，唉唷，不是夢，現實中眞的有水？他閉著眼，潛意識把手湊近鼻子一聞……噁臭得讓他差點窒息了。

他因此驚醒過來，張開眼，嚇！床邊站了一個女子，臉歪背駝，顫抖的嘴巴張得大大的，嘴裡延滴出口水，她一大一小兩眼，掛著兩股血水，血水跟她的口水，往下流淌，正巧就滴到魏文昌鼻尖、嘴角。

是雪茵！

魏文昌對上了她的大小眼，驚嚇得彈跳起身，她不閃不避，依舊站在原地，魏文昌就這樣穿過她，同時身軀感受被一把無形冷厲、尖銳刺刀給剖成半，他驚恐地回過身，那個女人也轉身向他，歪斜的嘴咧開，衝他露出不屑、輕蔑的笑。

她不但駝背，全身都凹凹凸凸，連手臂、手掌、大小腿都扭曲得不像話，看她扭曲握緊的手掌，讓魏文昌聯想到那本書上出現的歪曲字體。

雪茵斂去笑，伸長歪扭的雙臂，朝魏文昌凌空逼過來，魏文昌顫慄地後退，同時看到女子從上往下，逐漸幻化，最後消失在空氣中了。

魏文昌喘口氣，詎料他的頭劇烈痛起來、渾身畏寒，整個人昏昏然，歪倒在地上。

不知過了多久，手機聲音把魏文昌吵醒，他全身關節都痠痛，從小到大，不曾病過，就連個小感冒也沒有，這會，他終於明白變天時，阿嬤在喊痛、痛，就是這麼難受呀！

魏文昌艱困爬起身，移到書桌角，抓起手機一看，哇！七點，快來不及上學嘍，他按開手機，是梁志民：「嚮這麼久才接聽？怎樣？昨天好睡嗎？」

「唉唷，我快掛了。」

「出了什麼事？」梁志民緊張地問。

「一言難盡。我睡過頭，快遲到了。到校見面再談。」

「等，別掛，我問你，昨天的書，還有什麼變化嗎？」

「不知道，我還沒看。」

「好吧，見面再說。」

急匆匆趕到學校，梁志民和其他三名女生，都等候在操場旁的榆樹下，原本一副破敗病樣的魏文昌，馬上振起精神，總不能再讓邱莉對他的好印象，再度滑落。

魏文昌一路上，數度猶豫，他決定還是不要說出昨晚雪茵出現的事。

邱莉向他投來關注眼神，問他昨晚睡得可好？

「嗯，當然。一夜好眠。你們呢？都沒事吧？」魏文昌聳聳肩，故作輕鬆。

「書呢？有帶來嗎？」梁志民問。

遲疑一會，魏文昌點頭，徐徐說：「這一本詭異的書，很危險，我們別被它牽引，也不必再看它，乾脆丟到垃圾桶算了。」

「不！我不甘心！」洪貴芳眼眶又紅了，決然說：「我要替家動報仇！」

沒人應話，心裡俱生起一股意念：怎麼可能？

看大家沉默，洪貴芳又接口：「把書給我，讓我帶回去。」

回憶起昨晚，似夢非夢的駝背雪茵，魏文昌繞著圈子，意圖阻擋洪貴芳。

「萬一，它要妳的命呢？」

「你說那本書嗎？」洪貴芳緊咬著嘴唇：「只是一本破書而已，別以爲我對付不了它，我可以撕破它、燒掉它，方法很多，拜託，把書交給我。」

魏文昌是見識過它的厲害，這會，他頭又痛了起來……洪貴芳轉求梁志民，一心一意希望拿到書，昨晚想了一整夜，點子很多，她迫不及待想出手。

梁志民向魏文昌道：「書呢？」

魏文昌打開書包袋，一面反問：「眞的要讓貴芳涉險？」

「琢磨看看再說。」

梁志民接過書，打開扉頁，看得出來他心情不輕鬆，徐徐打開書的剎那間，他大咦了一聲，其他人忙湊近前，尤其是魏文昌，更緊張。

『邱莉，×年10月8日，吞下毒藥，當場斃命。』

天呀！10月8日，那不就是明天嗎？大夥面面相覷，魏文昌整張臉驀地縮皺了一圈，結巴地解釋說：「昨晚帶書回家，直到今早，我都不曾翻開過書。」

因爲有了高家動的前車之鑑，看到書上寫的這些字，無疑是在五位同學的心中，投下震撼彈！

他們都無心上課，只有打從心底裡，冒出一陣又一陣的恐懼、驚駭。

尤其是日期逼得這麼近——就在明天，眞的讓他們措手不及，時間一分、一秒的過去，勉強挨完上午四節課，他們還是無計可施，又不敢找師長或家人商量，到底要怎麼辦啦？

五個人向班頭請了下午三節課的溜書假，溜書假的好處，就是可以不被限制，一定要在教室看書，揹起書包，溜到籃球場邊邊，那棵榆樹下。

五個人，眼對眼，卻沒人開口……過了好久，梁志民輕咳一聲，語出驚人：

「我猜，『亡靈洞』，會不會是『鬼市』的範圍之內？」

其他四人對「鬼市」不熟，無法搭話。

只聽梁志民接著說：「昨天，我特地問我媽，有關『鬼市』的內幕，我媽只知道蘇阿姨去『鬼市』帶回施繼凱，其他的都不清楚。」

魏文昌接口問：「『鬼市』，有沒有這種恐怖的魔書？」

梁志民搖頭：「沒聽我媽說過。」

接著梁志民掏出手機，打開，迅速按下號碼……

「你想到什麼辦法了？你打給誰？」魏文昌連忙問。

原來他撥手機給劉英夫，是他領大家去尋寶，想問他一些事，手機響了十幾聲，終於有人接聽了，卻是個女聲：「喂，我是劉英夫的媽媽，他生病去看醫生，你哪位？要不要留言？」

「呃……我是他同學，我姓梁，梁志民，請問他怎麼了？」

劉媽媽說，劉英夫昨晚回家，吃過晚飯，很早就睡了。半夜忽然發燒，整個人很不舒服，他爸爸帶他去掛急診，到現在還沒有回來。

頹然掛斷手機，梁志民轉告同學們，大夥說不出話，怎麼？去爬山挖寶的人，一個個死的死、病的病？下一個……又會是誰？

梁志民沉重地看一眼邱莉。

最緊張、害怕的，當然是邱莉，她惶然不安，六神無主，連魏文昌也跟著心急如焚，叨唸著這是一本邪書、魔書、鬼書，應該早早丟掉。

大夥一致建議邱莉明天請假，在家躲避這場災厄，魏文昌自告奮勇，說明天要請假，待會他要陪伴邱莉一起回家，直到明天一整天。

商量妥當，眼看下課時間快到了，洪貴芳向梁志民伸手要書。

梁志民瞪巴著炯然大眼，很不以爲然：「都什麼時候了，妳要書幹嘛？」

「救邱莉。」

「妳要怎麼做？」梁志民反問，羅香綾也不可置信地看著她。

「向來，你成績好，有主見，我們都聽你的，爲什麼都沒有打算救邱莉？」洪貴芳義正詞嚴地。

「洪貴芳，妳瘋了？妳要知道，我們遇到的，不是人，是可怕的東西……」

梁志民伸手，阻止羅香綾的話，轉向洪貴芳道：「我正準備挖出它的底細，才好下手。」

洪貴芳臉色稍稍緩和問：「你想怎麼做？」

「跟我來。」

跟著梁佑民，三個人一塊到圖書館，向櫃台遞出學生證，辦理借電腦，櫃台小姐認得他是常客，也知道他成績好，特別出借小包廂給他。

按下密碼，搜尋Google，梁志民打上兩個字：雪茵，哇！一下子跳出一長串「雪茵」，加上有姓氏的，就出現更多了。

查不到十分之一，學校響起下課鈴聲，三個人只好離開圖書館。

洪貴芳還是堅持向梁志民要書。

梁志民搖頭：「書我帶回去，繼續上網查電腦……」

「那麼多筆雪茵，要查到什麼時候啦？要是查不到，救不了邱莉呢？」

「書給妳，就能救邱莉嗎？」

「我不只要救邱莉，還要問家動的事，我做好決定跟它拚了。」

「我怕妳發生危險。」梁志民聚攏濃眉。

「我知道自己成績不如你，但不要小看我。當劉英夫告訴家動時，我也在旁邊，知道寶藏圖的事。我還幫著邀約同學一起上山尋寶。」洪貴芳看一眼羅香綾，抹一下眼角：「想不到他卻……死了，還讓大家陷入危險中，我當然脫不了責任，我一定要找……雪茵報仇。」

梁志民還在猶豫，羅香綾接口說：「你就讓她試試看，也許她有辦法。你看，家動已死了，現在是邱莉，再下一個不曉得是誰，我們一直處於被動。反之，若能讓貴芳主動出擊，也許不是壞事。」

「可是……」

「你上網需要書嗎？剛剛在校內圖書館，你只搜尋『雪茵』，資料就一大堆了。再說，區區一本古書，真能殺得了人嗎？家動是被車子撞死，不是書。」

吸口大氣，梁志民把書交給洪貴芳。如獲至寶的洪貴芳，反而向羅香綾道謝，她表情陰晦、咬牙地死盯著書，再放進書包內，轉身離開了。

送走洪貴芳背影，梁志民還是有些擔憂。

羅香綾道：「走吧。你趕快回家找資料，現在要擔心的，應該是邱莉，天都快黑了，希望度過今天、明天，就沒事，平安了。」

放學後，同學們懷著濃濃心事，各自回家。

回到家，梁志民迫不及待，立刻撥手機給魏文昌，問他邱莉那邊怎樣？

魏文昌口氣輕鬆極了，說目前爲止，一切平安。

「那就好，但還是不能鬆懈。」

「我知道，邱莉家住在八斗子海邊，很不錯哩。邱爸有一艘小型漁船，待會天黑後，他就要出海捕魚。我也跟著幫忙補漁網，好好玩，我沒看過漁具、漁網，算是大開眼界。」

「邱莉怎樣呢？」

「嗯……還好。有我陪她，她情緒安定多了。放心吧。」

道聲再見，雙方掛斷通話。邱莉問起來，魏文昌告訴她，是梁志民關注的電話，接著兩人跨出屋外，散步著走向海邊。

海邊的晚昏，涼風襲來，動人欲醉，幾艘中型漁船，並排靠在岸邊，隨著一波波的海潮，上下搖盪。

若非有重大心事的話，眼前這可眞是美麗的海景哦。

八斗子大馬路，整排兩層、也有加蓋成三層、也有四層高的屋子，面向馬路，背倚著山，因爲非假日，車流不多，整條街充滿安寧靜謐。

邱莉和魏文昌坐在海岸岩礁，迎著海風，目送邱爸漁船，緩緩往海外駛出……

「喔，好美的海邊黃昏。我呀，今晚，加上明天一天，喔！我賺到了。」魏文昌吸滿鹹鹹的海風，語調輕鬆。

「翹課一天，應該說你損失了一天。」邱莉幽幽說。

「欸，事情總有正反兩面，幹嘛要看負面？再說，我又不是很用功的人。」

「呵呵……眞會說話。眞希望，能跟你永遠坐在海邊，欣賞海景。」

「過去已過去，來者不可追。把握當下才是，現在我們不就坐在海邊嗎。要不要回去？我怕妳著涼、感冒了。」

邱莉點頭，兩人依依不捨地多看一眼海景，跟魏文昌手拉手，踏向歸途。

聽邱莉說，邱爸的船，半夜滿載漁獲回來，邱媽要起床，幫船員們準備點心，所以這時候，邱媽在睡覺，不過她已把晚餐煮好。

一踏進家裡，邱莉妹妹在寫功課，邱莉很渴，看到桌上放了一瓶淡咖啡色的寶特瓶，是咖啡？或可樂？她抓起瓶子，旋開蓋子，就著嘴巴，一口氣灌下……

「哇～～呀～～」邱莉突兀地丢開寶特瓶，震天價響大喊一聲，整個人萎頓倒在地上，緊接著彈跳起來，臉色青黑，口吐白沫，雙眼往上吊，直挺挺倒下。

面對這突如其來的變故，魏文昌慌了，只會疾聲呼喊：「救命！」

在睡覺的邱媽，聽到妹妹的哭聲，以及喊救聲，她連忙衝出客廳，這時只見被抱在魏文昌懷裡的邱莉，渾身顫抖，發抖的嘴唇，不斷吐出白沫。

原來寶特瓶內裝的是劇毒巴拉刈，呈淡咖啡色，無味、無臭，又叫百草枯、除草劑，只要喝一小口，就足以致命，政府早明令禁止使用。

邱媽在屋後，有一小塊菜圃，很早之前因要除草，才買一罐，後來沒使用，想丟棄，又不能隨便丟，準備處理好再丟，哪知道就這麼巧，居然發生憾事。

邱莉灌下一大口的劇烈毒藥，就算及時送去醫院，也……來不及了。

一樣的星空、一樣深沉的夜、一樣的人們，卻有不一樣的際遇。

難怪古有名言：人生多變幻！

洪貴芳向來不愛念書，推說要用功，屏開家人，家人聽到了，高興得如她所言，全都躲得遠遠的，不敢吵她。

她鎖緊房門，把書放在書桌，沉思著……這就是平常不用功，想寫幾個字都不知道該怎麼下手的後果。

想了好一會，洪貴芳決定了，先問書，邱莉跟它有仇嗎？爲什麼要她死？然後再問它，高家勳犯了什麼罪？要他死？

想定後，洪貴芳打開書……書上一片空白，預言邱莉的字體，早已整個消失了。

不想空耗下去，尤其是在梁志民、羅香綾面前說了大話，洪貴芳抓起筆，伏在桌上，就在這時書上忽然出現一筆、一劃、成字、再成句，洪貴芳傻呆了，同時發現，字體不是像之前的扭曲，而是工整、清楚，她手上的筆掉了，都沒感覺，只見上面寫著：

『呼～～正在考慮，是洪明先死？或是許月鳳？洪貴富？洪貴妹？』

洪明是洪貴芳的爸爸，媽媽是許月鳳，弟弟洪貴富，妹妹是洪貴妹。

——天呀，書，這本書，就像一個人，不，它是鬼靈、妖怪、魔書，隨時隨處存在，它知道家人的名字？甚至知道她的心思？

洪貴芳冷汗涔涔往下滴……高家勳之死，已讓她痛不欲生，怎能讓最親愛的家人發生任何意外呀？

接著書上再度出現字，洪貴芳呼吸急促、腦袋昏沉，只剩眼睛有感覺：

『洪貴妹，×年10月8日晚上九點，從樓頂摔下去，當場斃命。』

顫慄中，洪貴芳由書桌角落抓來鬧鐘一看，嚇！嚇！差兩分就九點。

她起身，奔出房間，客廳黑漆漆，都沒人，她一顆心當下糾結成一團，衝向妹妹的房間，沒人；再跑去弟弟房間，也沒人，怎麼回事？難道全家人都……？

洪貴芳轉衝向爸媽房間，敲開門，原來兩人準備睡覺，正在房間談話，看到洪貴芳一臉驚惶，問她怎麼回事？

「阿妹呢？阿弟呢？」

爸媽都說不知道，爸爸猜測兩人應該是去買飲料或餅乾、點心。

正在此時，一聲長嚎傳來……是洪貴富的稚嫩哭聲，一會，「碰！」一聲，傳來重物墜地聲。

「什麼聲音呀？好像是阿富……」說著，媽媽許月鳳翻身下床。

洪貴芳來不及回話，轉身奔出客廳，打開燈，正好洪貴富開門跑進來，哭號著：「快啦，快啦，二姊，二姊摔下樓了。」

瞬間，洪家整個都炸鍋……據洪貴富說，他跟二姊下樓去買冰，回來怕爸媽責備，商量去頂樓吃，詎料洪貴妹一面吃、一面靠向邊緣欄杆，生鏽的欄杆經不起她的重量，她跟折斷的欄杆，同時摔下樓去。

之前都沒發覺欄杆腐朽，是巧合嗎？還是被……鬼謀殺？

洪貴芳整個人都失魂了，害怕書還會戕害家人，洪貴芳沒下樓，反而進入房間，面對翻開的《魔書》，剛才字體已消失了，它好像知道洪貴芳在面前，書上一筆、一劃，又開始書寫：

『接下來，是洪……………』

看到此，她顫慄地把這一頁撕開……字體瞬間消失，她以爲奏效了，詎料下一秒，撕開的紙，自動接回，恢復原狀。呃！比三秒膠還好用，然後又開始書寫……

洪貴芳近乎發狂，撕破紙、闔上書，丟在地猛跺、踐踏，並試圖把書攔腰折斷，問題是這種精裝書不是用手就能把它折斷。

費了一番勁，書依然絲毫無損，它有如惡魔的臉，躺在地上訕笑，洪貴芳又急、又怒，她跑出去找打火機，進房抓起書，將它燃上火，書燃燒起來，火愈燒愈旺……就在這時書瞬間竄出數道鬼影，洪貴芳嚇得放手，書掉到地上。

數道男女鬼影，腰部以下，凝聚成一股彎曲尾巴，飛繞著中間的女鬼影，中間這女鬼，臉上明顯的一黑、一白。

洪貴芳忘情地叫：「雪茵？」

「哼。」黑白臉女鬼拍胸，傲然說：「我是阿官。雪茵哪能跟我比？」

洪貴芳怔怔然，完全忘記貴妹的慘禍，依稀記得阿官這形貌，有點熟……

「嗬嗬……『亡靈洞』。」阿官十指幾乎是手掌兩倍長的指甲，做作地打轉。

洪貴芳這才想起在洞內，高家動看到它，還問劉英夫，說：身材不錯，臉孔很特別，一邊黑、一邊白。

「『亡靈洞』？原來妳叫阿官。所以你們都是亡靈？專門害人的亡靈？」洪貴芳眼角閃著淚光，恨聲道：「我問妳，高家動犯了什麼罪？我妹有惹到妳嗎？爲什麼要他們死？」

阿官搖頭、又搖頭：「我才不是亡靈。我只是奉我家主人命令行事，把亡靈全集中到『亡靈洞』內。」

「妳家主人？是誰？」

「妳無權知道。不過看在妳快死了，也要進入『亡靈洞』了，我可以先透露，我家主人，身分特殊，嘻嘻……」

聽到這裡，不知打哪來一股恨意，洪貴芳趁它沒注意，再次把打火機點燃燒書。

火焰沒燒到書，好像被控制了般閃開書，向她延燒過來，炙痛使洪貴芳知道火燒到她的拖鞋了，她又跳又叫，甩掉拖鞋，一面撲打火勢、一面逼近書，然後她快速抓起書，嚇！書體依舊涼冷，沒有火爋的熱度，也沒有焦黑狀，火卻依舊朝她延燒而來，而且隨著她退卻路線，火也跟著蜿曲扭繞。此外，以打火機爲中心點，火舌呈四下放射狀，燒到書桌、床鋪、窗簾……

驚惶中，洪貴芳奔向窗口，奮力把魔書投向黑漆漆的窗口外，再回頭繼續滅火……

她耗盡精力，加上精神繃緊，當眼中剩下最後一點火星，終於昏昏然頹倒在地。

「叮鈴……」

手機鈴聲，喚醒洪貴芳，鼻息聞到一股濃烈焦臭味，入眼看到整個房間焦黑得可怕樣貌，這時已經是次日的中午了，洪貴芳發現家人都不在，稍稍回神，想起妹妹墜樓，不禁悲從中來，強忍住悲痛，用力擦一把淚，洪貴芳起身，拿起手機。

是梁志民，因爲洪貴芳沒到校，他和羅香綾等到中午，忍不住打電話來。

「妳還好吧？」

「嗯。」一言難盡，可電話中洪貴芳無法說清楚。

「妳……待會會來學校嗎？還是今天要請假？」梁佑民感覺她怪怪的，問道。

強忍住差點奪眶而出的淚，洪貴芳反問：「有事嗎？」

「哦……」梁志民吞吞吐吐。

一會，換傳來羅香綾帶著哽咽聲音：「今天一大早，文昌跟我們聯絡，邱莉……死了。」

「啊？啊？」握著的手機，差點往下掉，洪貴芳太震驚了。

「所以我們都很擔心妳，本來打算昨晚跟妳聯絡……」

「我……我家也發生重大事故。」

「什麼!?妳呢？要不要緊？」羅香綾緊張地問。

擤著鼻子，洪貴芳道：「等一下，我會去學校。見面再談。」

房間內的地板被燒得烏漆嘛黑，衣櫃、地上的書都受到波及，洪貴芳一面換穿制服，一面掉下無聲淚水……回頭要拿書包時，驀地看見書桌上，端端正正放著那本精裝本《魔書》，她張口結舌，喘著大氣……就是無法平復心中的波濤，宛然感覺到：世界末日。

簡直是打不死的惡魔書，不、不能任其置放在家中，很……很危險！

抓起書包，洪貴芳在烏黑一片的地板角落，隨意拉出個袋子把書丟進去，飛也似地直奔學校。

同學們依舊約在籃球場邊的榆樹下見面。想不到魏文昌也到了，他跟洪貴芳一樣，臉色沮喪得超難看。走近同學群，洪貴芳恨恨地一把將書袋往草地上摔。

魏文昌沉聲敘述著昨晚，他在八斗子邱莉家中發生的事件。

原本希望邱莉遠離這個劫難，才鼓勵她回家避難，想不到還是躲不掉。

「早知這樣，還不如帶她去我家，或許可以逃過劫難。」魏文昌苦著臉，眼眶紅通通。

「會發生還是會發生，不管在哪都一樣。」

洪貴芳含淚、道出昨晚家中的慘事。連之前，在「亡靈洞」內，聽到高家動問劉英夫，提起阿官模樣，正是她昨晚看到的女鬼，也一併說出來。

「這麼說來，這本書內，不是只有雪茵這隻女鬼，還有其他許多亡靈、鬼魅？」說著，羅香綾轉望一眼草地上的書袋，上前拾起袋子。

「最不可思議的是，它不怕火燒，反而把我房間地板、衣櫥都燒焦了。我把它丟掉，第二天它居然出現在我書桌上。」洪貴芳兩手掩臉啜泣：「我們無法擺脫它，接下來輪到誰？我們都逃不掉。」

梁志民沉聲說：「先別灰心，總有辦法。我覺得是邪惡鬼靈在操控書。」

所有人的目光都被梁志民吸引，魏文昌皺緊眉頭，不以爲然說：「你怎麼知道？」

梁志民炯然大眼，穩健地看大家：「首先，要找出源頭，釐清究竟，我們才能商量對策。」

「要怎麼做？我都混亂了，想到我妹，從樓頂摔下，倒斃在冷冰冰的地上，我心就痛，痛得……」

洪貴芳說不下去，嗚咽著低泣；魏文昌受到影響，跟著無聲地掉淚，他何嘗不是眼睜睜看著邱莉痛苦、掙扎，口吐白沫而亡，卻束手無策呀！

「等我一下。」

說著，梁佑民快速進教室，又出來，手上多了兩張影印紙，遞出來傳給大家。

影印紙上的影像有些模糊，不過還是可以看出來：一個駝背女子，雙眼一大一小，跟歪斜的嘴巴，臉上三個孔洞，一起往下流淌著血水。

魏文昌臉色乍變，顫慄指著影像：「天呀！就是它！我見過它！」

「你在哪見過它？」梁志民等四位同學，同時訝異問。

原不打算說出來的祕密，這會，魏文昌只好把書帶回去那夜所遇全都爆出來。

洪貴芳動動嘴，很想說：如果你早講，或許我們可以躲開這些劫難。但想了想，事情都發生了，說這些毫無意義。

紙下方，一行簡單說明：花雪茵。生於一九〇三年，卒於一九二〇年，享年17歲。

洪貴芳接口說：「就是她沒錯。記得我們下山時，家勳說他看到亡靈洞內，在床邊的女子，就是這副模樣。嘖，她已經死了一百多年嘍。」

「這麼說來，這本書更久遠。」羅香綾掰著手指，接口：「哇！至少一百多年以上。」

梁志民補充說：「昨晚回家後，我上網查到半夜，刪減掉許多，終於查到姓花的資料。有關她的紀錄，好幾頁，我沒有列印出來，但是我看過。」

魏文昌點頭，皺緊眉心，說：「她才十七歲喔。她自己在書上，寫說她生病，可是怎麼會住在山洞內，那裡面有床、有被褥，看來住了一段時間。」

梁志民攏聚眉頭，轉望洪貴芳問：「妳剛說起昨晚發生的事情，書裡面，不只有雪茵這隻鬼，還有其他，許多男女鬼影？還有……阿官？」

洪貴芳點頭，憂戚說：「聽阿官口吻，她主人還要繼續害人，把死靈抓進『亡靈洞』。」

大夥沉靜了一會，梁志民道：「我想，劉英夫，應該知道阿官這個人？既然這樣，走！我們去找他。」

「等……等等，他不是生病住院了？」

梁志民道：「英夫很用功，早上跟他聯絡，他說昨天就出院回家，今天會到學校。」

一群人到了甲班教室，劉英夫看到他們，很快就走出教室，大家就在騎樓外的草圃旁談話。

先慰問過劉英夫病況，原來他發燒，上吐下瀉，去掛急診，醫師說是急性腸胃炎，打了一針，觀察過，就允許他出院回家。

聽完他的病況，梁志民直接問：「阿官是誰？你認識她？」

劉英夫微微一怔，沉吟一會：「她……就讀本校，是學姊。」

「胡說，你騙人！」洪貴芳激動地說：「學姊？那她是哪一年級？哪一班？」

「妳……幹嘛那麼凶？」劉英夫瞪住洪貴芳。

「你害死我們班高家勳、邱莉，連我妹妹也受到無妄之災，都是你，一切都是你害的！」

洪貴芳發飆似，憤怒地提高聲量，引來甲班教室幾位同學的注目。

爲化解尷尬，梁志民出聲道：「兩位不必爭論，我們去總務處詢問。」

洪貴芳得理不饒人：「對！只要一查，就知道誰在說謊。」

梁志民、羅香綾、魏文昌、洪貴芳等人，轉身就走，走到教室轉角一片草地時，劉英夫追上來，並喊住他們。事實上，劉英夫也知道乙班有幾位同學亡故，只因他自己生病，又忙於課業，並不清楚細節，他揚聲說：「你們去了，沒有用。」

梁志民轉回身，悲戚地說：「所以你早知道『亡靈洞』是個不祥之地？故意引我們去？」

「我不知道你們會出事。」劉英夫搖頭，轉看洪貴芳：「妳怎知道……阿官？」

一旁的羅香綾，從袋子內掏出《魔書》，劉英夫訝異地接過書，瀏覽著封面，突然露出悔疚神色：「這是『亡靈洞』內的東西？呀！我忘記向你們說，不能亂碰『亡靈洞』內的東西，你們居然把書帶出來？」

「所以你早知道？這不都是你害的？」洪貴芳眼眶又紅了。

劉英夫搖頭，說他不知道有這本書，只知道除了寶藏、金錢之外，亡靈洞內的東西是禁忌，不准動、不准攜帶出洞。

「聽誰說的？阿官？告訴你，她不是什麼學姊，它是鬼！」洪貴芳道。

接著乙班同學們陸續說出《魔書》發生詭異狀況，以及同學們的種種際遇，包括魏文昌和洪貴芳親眼目睹《魔書》內出現的鬼怪。

劉英夫聽著，順手翻開書本……就在這時他親眼目睹，原本是空白的書頁，竟然一筆、一劃、一字、一句，字體工整而清晰地寫出：

『魏文昌，三天內，墮入迷茫空間，停止呼吸而亡。』

同學們湊近前，入目之下，大家都懵了，尤其是魏文昌，臉現死白色，一副世界末日降臨了。

梁志民喘著氣，向劉英夫道：「你也看到了！我們說的都是事實！」

劉英夫雙眼呆滯，眾人也陷入沉默，接著劉英夫轉轉眼，開口提出意見：「我們……回『亡靈洞』，把這本書還回去！你們覺得呢？」

大家聽了，深覺有理，但沒人答話，只回想著：爲何之前都沒想到這個點子？

看大家都無異議，劉英夫逐一望著四位乙班同學，說：「一定要杜絕書上寫的事成為事實。所以我們行動要快，下午大家請假，我們去後山『亡靈洞』。」

還是劉英夫腦袋靈光，梁志民等四位同學，向班頭遞上請假單，吃過午飯，總共五個人，一齊出發。

一樣的山路、一樣的景物，卻已人事全非。

劉英夫帶頭，循之前走過的山路，駕輕就熟一路往前，三男兩女，攜帶著書，很快就到達大星形指標——大岩石。

由大岩石右邊，撥開草叢，沿著那道狹窄山路，順勢溜下去。

奇怪的是，剛剛周遭還明亮著，這會，天色忽轉暗濛，同學們幾乎全亮開手機的照明鍵，小心翼翼地到達亡靈洞洞口。

「我們得把握時間，快點還掉書，快點回去。」

梁志民低聲說著，第一個走進「亡靈洞」，後面是羅香綾，接著是劉英夫、洪貴芳、魏文昌殿後。

因為是第二次進「亡靈洞」，雖然仍有許多昆蟲、蟑螂、蝙蝠、蠕動的小東西，但大家已經見怪不怪，不至於那麼害怕。

「志民，小心你背後……」羅香綾忽然開口說。

梁志民轉頭，發現他的背袋在冒煙……他急忙卸下，打開背袋，原來《魔書》就在他的袋子裡。

打開背袋，梁志民拿出書，發現書封面出現裂紋，以及因年代太久而顯得支離欲碎模樣，他打開封面，裡面空白頁居然出現扭曲字體，筆畫很明顯呈現頹敗、無力：

『唔……不要，我不想再回來這個令我悲憤、傷心的『亡靈洞』。』

大家湊近看，都猜測這字體，正是花雪茵的，曾經那麼恐怖，無堅不摧的鬼書，怎會出現頹敗跡象？

五個人除了驚訝萬分，還多了振奮之心，可能這一趟來對了喔！

羅香綾伸出手，決然道：「書給我。當時是我發現它，現在理應由我把它歸還。」

「不，我擔心它會傷害妳。」梁志民說。

「放心，你沒看到，書內並沒有寫出我會發生什麼災難，所以別擔心啦。」

說著，羅香綾接過書，示意大家繼續往裡面走。走到叉路，他們駕輕就熟轉向右邊路徑，再往前一小段路，轉個彎，應該就是小廣場了。

但是走在最前頭的梁志民，忽然停住腳，後面的羅香綾喊一聲「喂！」，他噓了一聲，示意大家不要出聲，羅香綾和後面同學見了，都緊閉著嘴，放輕腳步，悄悄往前。

山洞彎路的另一邊，隱約照射出陰幽光芒……

梁志民不敢出聲，向大家比劃著手勢：有人在山洞裡面？是誰？

其他四位同學有的搖頭，有的茫然，有的探頭望向山洞內……

「呵呵……既然來嚕，請進嚕。」

洪貴芳突然臉色乍變，全身顫慄，都快站不穩，她喘著氣，壓低聲，斷續說：「是……是高家動……的聲音，他……他在……裡面。」

「怎麼可能？」羅香綾馬上回，可能太激動，忘情地拉高聲量。

這時裡面又傳來聲音：「當然可能喔。我們都在等你們。魏～～文～～昌～～」

這會，羅香綾變了臉，她轉看魏文昌，魏文昌張大嘴，聲音顫抖地：「你，你們聽到了嗎？是，是邱莉。」

這時候，五位同學同時都停腳，你看我、我看著你，不知所措。

梁志民攏聚濃眉，喘著大氣地搖頭、聲音低得不能再低了：「不，不會吧？她……」

山洞彎路內，傳出稚嫩女孩聲音，截斷了梁志民的話：「快呀！怎麼不進來啊？快點進來喔。嗚～姊姊～～我死得好慘～好痛喔。」

這聲音讓洪貴芳差點崩潰，身軀猛搖晃著，在她身後的魏文昌急忙扶住她，魏文昌不只是臉色煞白，連身體都劇烈顫抖。

梁志民猛睜大眼，嘴唇發白，問道：「你們都聽到了？那是誰？」

洪貴芳喘著大氣，使得聲音提高了：「我……那，那是我妹。」

五個人俱都心驚膽顫，心口狂跳，更加驚惶地杵在原地，沒有勇氣繼續往裡面走。過了好一會，不知道是誰，悄悄往後退，連帶的大家腳步都跟著往後退卻……

沒人敢再出聲說話，梁志民打著手勢，問大家：

——怎麼辦？改天再來嗎？還是…………

其他四位同學，眨閃著眼神，互相對望著，既駭怕，又猶豫。

洪貴芳雙手在胸前打個大叉手勢，搖頭，表示不想離開，她想進去。

梁志民忍不住下了個決定，低聲說：「欸，我看，妳和羅香綾兩位女生往回走，快退出去。書給我，我跑得快，把書丟進山洞內，立刻閃人。」

「不！我很想見家勳和……我妹妹。」洪貴芳嘴唇輕顫說。

這下子，梁志民爲難了，說眞的，要說不怕，是騙人的，應該說，好奇大於害怕。「亡靈洞」裡面的三個人，都已亡故，這是不爭的事實，可就想不透，爲什麼它們會出現在「亡靈洞」？現況又是如何？

就在這時「亡靈洞」內傳出陣陣高昂、陰晦鬼聲，邱莉講一句，洪貴妹接一句，最後是高家動的聲音：「不進來？那我們要出去了。貴芳，等我，我好想妳。」

洪貴芳好像被迷惑了，越過前面的劉英夫，筆直往「亡靈洞」走進去，梁志民拉住她臂膀。

「嗬嗬！我們不出去，他們不會進來。眾鬼友，走吧。」粗嘎鬼聲傳來。

劉英夫英氣的四方臉，瞬間變成青厲慘澹：「阿……阿萬！」

就在這時洞內颳來陣陣寒愴而陰森的鬼風，似乎裡面的人，已經往五個人的方向而來……

梁志民惶急地將洪貴芳推給羅香綾，同時一手搶過羅香綾手上《魔書》，羅香綾會意地拉住洪貴芳，往外拽……

這時魏文昌和劉英夫也幫忙拉住兩個女生，往洞口跑……

梁志民往前奔行兩步，將手上《魔書》，用力丟進去，再轉回身，沒命地往洞口狂奔……

一直跑……一直跑……一直向前跑……梁志民發現自己始終跑不出山洞，前面出現一個岔路，他猶豫著，要往哪邊跑？忽然發現怎麼周遭的同學都不見了？只剩下自己一個人？

他停腳在岔路中央，左右兩邊各看了一眼，但是完全是陌生的，並非記憶中曾走過的山洞，也不像是「亡靈洞」，這裡很乾淨、整潔得毫無一丁點垃圾。

那麼多同學，這會，他唯獨憶起高家勳……

突然，肩膀被拍了一下，他嚇一跳，回過頭去，嚇呀！居然是高家勳？？？

——謝謝你記得我嚕。

高家勳笑得好燦爛，像他們剛進入高一，開學第一學期，他先跟梁志民打招呼，就是笑得很爽朗。

梁志民朦朦朧朧，呆愣地看他、又看周遭環境，想問他，這是什麼地方？

——我來告訴你，小心注意喔，同學們會一個個……

梁志民聚攏起濃眉，聽不懂他的意思，下一瞬間，高家勳整個人，突然分散成支離破碎，四肢、身軀、頭，全都斷成一段段，但是他依然杵立著，嘴裡大喊：

——救救我。救邱莉。

「你怎麼這樣？我該怎麼救你？」梁志民發現自己可以開口說話，聲音超響，好像響在自己耳邊。

——拜託你媽，找……去找唐東玄，只能找他，快喔，不然，來不及了。喔……

接著高家勳一聲鬼喊，梁志民驚醒過來，是……一場噩夢！

睜開眼，梁志民拉過一條毛巾，擦拭著滿身冷汗，下床，他灌了一大杯水，讓自己鎮定，這時才半夜一點多，剛剛高家勳那樣子，就像他發生車禍時的死狀，一面想著，梁志民又躺下。

記憶回到三天前，五個同學從「亡靈洞」落荒而逃，當天他就發高燒，直到現在，體溫還是落在37、38度左右，整個人很不舒坦。媽媽呂玉晶代他向學校請病假。

這個夢，應該是三天前，驚惶竄出「亡靈洞」時被嚇到的延續吧？其他同學們呢？不知道他們怎麼了？忽然他想起三天前，書上曾寫魏文昌會出事？他記得自己把書丟進「亡靈洞」內，這幾天他手機都沒響，其他同學們應該都沒事吧？

迷糊間，梁志民又睡著了……

忽然響起一陣，忽遠忽近笑聲……梁志民嚇了一跳，房間裡只有他一個人而已呀？接著又傳來說話聲音：

——呵呵……眞會說話。眞希望，能跟你永遠坐在海邊，欣賞海景。

呀！這聲音，是……邱莉、邱莉？

一團霧，飄近梁志民的眼角，他轉頭、轉眼望去，這團不是霧氣……很難形容它，就是在空氣中，整個充斥著橫向波紋……波紋還上下左右的微微晃動……呀！對，就像是潛入海中，所看到的海水波紋景象。

接著右邊冒出一張臉，是……邱莉！

怎麼可能？梁志民揉揉眼，再看，是……眞的是她咧！

她向左面揮手，嘴巴一張、一合，這次沒聽到她的話，梁志民腦海中反射性接收到她生前的嬌脆聲音：

——過來！過來陪我，我們永遠、永遠，可以欣賞海景。

梁志民轉向左邊，嚇然看到魏文昌……他好像呼吸困難，臉上一片渾噩，手腳奮力掙扎著，這時下面冒出兩隻骷髏手，握住他腳踝，往下拉扯……

魏文昌更用力掙扎，睜大眼、嘴成大大O字形，似乎想用力呼吸，反而灌進滿滿的鹹海水，除了神情痛苦，他整個人被往下拖拉，緊接著右邊邱莉、高家動，還有……呃！花雪茵，包圍似地逐漸游向魏文昌。

梁志民喘著大氣，替魏文昌緊張，心裡想叫他快跑、趕快跑啦！

忽然臉上一邊黑、一邊白的女子出現了，她沒有動，伸出的手卻一直延長……一直延長，輕易捏住魏文昌的脖子，梁志民看呆了，女子轉臉，詭笑看著梁志民，梁志民發出驚天大吼：「阿官！放開他！」

在此同時，梁志民滾下床，伸手要抓阿官的手，企圖解救魏文昌……忽然整個幻象全部消失了！

不是夢，這不像是夢，好像活生生的、出現在眼前的恐怖事件！梁志民趴在地上，一下子明白了，先出現在夢境裡的高家動，先來警告他，沒錯！一定是這樣的，其他眾鬼想要抓魏文昌！

忽然房門被敲響兩聲，接著打開……梁志民有剎那間的迷駭，可別再出現什麼鬼怪，他受不了了！

穿著睡衣的呂玉晶當門而立，看到梁志民趴在地上，忙按亮電燈，房間頓時大放光明：「唉唷，我的天！兒子，你發燒燒壞腦袋了？怎麼睡在地上啦？」

扶起梁志民，呂玉晶意外發現，他兩眼淚光閃閃，將他安置到床上，呂玉晶測試一下他額頭，還燙呢！她拉起外套，準備替兒子套上：「走，媽帶你去掛急診。」

梁志民一把扯掉外套，微微顫抖的手，抓起手機，就要按下手機鍵。

呂玉晶阻止：「急診不必掛號啦，快穿上外套。」

梁志民搖頭，語帶哽聲：「我……我要救我同學，文昌，他，不好，可能遇害了。」

呂玉晶一把搶過手機，生氣說道：「三更半夜，人家都睡了，你還發燒哪，先救救你自己，明天再聯絡唄。」

這時梁志民更清醒了，憶起夢中，高家動跟他提過的話……

「媽，我沒事，妳認識一位姓唐的？」

呂玉晶一怔，皺起一對細眉，想了想……

梁志民急得連忙接口：「唐東玄，有沒有，以前妳跟蘇阿姨談起的『鬼市』，有沒有？」

「喔……」「鬼市」名號太響亮，呂玉晶拉回印象，憶起施繼凱的可愛小臉：「怎麼……會提起『鬼市』？」

「好渴，我想喝水。」

於是兩母子轉到客廳，梁爸走出房間，探頭看一眼，他明天還要上班，又縮回頭，繼續睡覺。

兩母子落坐客廳，梁志民絮絮談起整個事件……

兩人談完，已到拂曉時分，呂玉晶又測試梁志民額頭，發現他燒退了，梁志民則強調說，他的免疫力還行，接著母子倆說定，分頭辦事，呂玉晶弄完早餐，會去找蘇昭容，一起去拜訪唐東玄。

梁志民連撥數次手機，魏文昌都沒接，他更擔憂魏文昌是否出事了？於是勉強吃完早餐，又吞了一包藥，梁志民就出門了。

走在路上，梁志民忍不住撥打給羅香綾、洪貴芳，他想去找魏文昌，哪知羅香綾立刻說稍等她，她也要一起去。洪貴芳則語帶驚恐的說等她一下，她有重要事相告。

等三個人聚會了，梁志民才知道，羅香綾只是單純想關心魏文昌。

洪貴芳臉上貼著膏藥布，又痛又熱烘烘，眼神則現出驚恐表情，說她昨天半夜，夢見了高家勳，梁志民訝異問：「什麼樣的夢境？害妳臉上，傷痕累累？誰弄的？到底怎麼回事？」

洪貴芳搖頭又點頭，她心有餘悸的含著淚：「昨天睡到半夜，有人敲她房門，打開門，嚇然看到高家勳，穿著學校制服，像它生前一樣，跟她談笑好一會，接著它來向她警示，並且告訴她許多事……

「亡靈洞」內，又添加許多亡靈，都是從四面八方聚集而來，阿官向大家宣告說，每個人都要抓交替，抓愈多，成績愈好，可以升等級。又舉了些例子，水精魅亡靈，到河、海邊，抓了一群交替，已經升等，成了亡靈組長。還有另一位山魈亡靈，飄搖到山區、叢林，抓了許多登山者，誘惑他們墮入山谷，成績斐然，升等成亡靈副組長。

阿官並告訴眾亡靈，抓交替當然不容易，但是她教亡靈們許多誘惑人們的辦法：例如趁其不意、或亡靈可以幻化成親朋好友，這一來，抓交替就容易多了。

所以重點是，高家勳警告洪貴芳，萬一在暗黑、危險的地方，看到孰悉的親人朋友，甚至好同學，那是惡靈變幻的，千萬別中了鬼計。

才說到這裡，高家勳頸脖忽然被束緊，臉現痛苦表情，接著整個人變了，變成他被車子輾過時，那副支離破碎、恐怖的樣貌。

洪貴芳嚇一大跳，驚駭地哭著，忽然阿官冒出來，原來是阿官捏緊高家動頸脖，露出詭譎笑容，窮凶惡極地轉向洪貴芳，陰惻惻說：「想洩露我的計謀！沒有用，我方法很多，你、你們所有人，都逃不掉，下一個，就是妳嘍。嗬嗬嗬……」

在一陣刺耳笑聲中，夢醒了！夢醒反而更恐怖……

睜開眼的那一剎那間，洪貴芳通體顫慄，因爲阿官黑白、恐怖的一張陰陽臉，變成十幾倍大，凌空、浮懸在她面前。

洪貴芳被定住了似，無法動彈，眼睜睜看著阿官的臉俯近……在將近貼上洪貴芳臉孔時，她臉上的毫毛，鋼硬又清晰，還發出點點綠色寒芒，然後就沾黏、並刺上了洪貴芳的臉頰……

洪貴芳在刺痛中，看到阿官的大臉，線條逐漸、逐漸變淡、變透明……終至消失在空中。

阿官消失了，洪貴芳臉上卻萬分刺痛。

羅香綾聽了，忍不住摸摸自己臉頰，覺得自己好像都燙熱起來了，梁志民皺緊眉頭說：「我猜，她臉上綠色寒毛，應該有毒。這麼說來，阿官不是普通一般鬼類。」

羅香綾建議洪貴芳趕快去看醫生。

洪貴芳點頭說：「診所九點才開門，去探視魏文昌後，我再去看醫生。對了，志民，你忽然想去探望魏文昌，難道你有感覺到什麼？」

「前些天，《魔書》不是又出現字體，說文昌會出狀況？」羅香綾接著說：「結果，我們跑出『亡靈洞』，志民不是把《魔書》丟進洞內了？我想，文昌應該沒事……」

梁志民點頭：「是沒錯。不過已經過了兩天，怎麼都沒跟我們聯絡？我昨晚也夢見高家動來示警。早上我撥文昌手機，他沒接，我更擔心。」

「呀？你也夢見了？夢到什麼？」洪貴芳忙問。

梁志民說完昨晚的夢境，剛好到了魏家。

按了幾次門鈴聲，梁志民當下升起不祥之兆。再按第五次時，才看到魏文昌弟弟，魏文豪來開門。

魏文豪唸小四，認識梁志民等人，他垮著臉，只說一句：「這麼早！」轉身就進屋，梁志民等三個人，對望一眼，跟著踏進屋內。

「咦？你哥呢？爸爸、媽媽呢？」梁志民伸長脖子，朝屋後廚房看一眼，又轉看魏文豪。

魏文豪搖頭，臉色陰暗：「他們都不在。」

「我撥你哥手機也不接，他怎……」

「我哥在醫院。」說這話時，魏文豪伸出食指，抹掉眼角一滴淚水。

接著魏文豪敘述起……

前天晚上，嫁到中部的阿姨打電話過來，說她倆夫妻要來北部玩，想邀魏文豪媽媽，一起去金山海邊玩。

平常姊妹倆各忙各的家庭，難得見面，文豪媽媽高興地答應，加上這幾天，魏文昌逃出『亡靈洞』，身體微恙，向學校請了兩天假，於是他當陪客，一塊去金山。

金山最出名的就是鴨肉，吃完有名的鴨肉餐，大家到海邊散步。

雖然尚未放暑假，但最近天氣異常，溫度飆高到33、34度，看到清涼海水，大夥都雀躍不已。

阿姨兩個小蘿蔔頭吵著要去玩水，任務就落在魏文昌身上……

梁志民眼眶漾著一層浮光，岔口問：「你呢？你沒有跟去？」

魏文豪搖頭：「我要上課。」

梁志民恨恨地雙手一擊，因爲只有他們幾位同學知道，最近魏文昌要特別小心，如果他在現場，一定會阻止他下水。

魏文豪繼續說……

大人們只顧聊天，沒注意他們三個孩子，也不知道怎麼搞的，阿姨小孩跑來喊：大哥哥不見了，大家四處找魏文昌，當地人有熟悉當地的海岸、礁岩，就很熱心幫忙，果然在常常出事的礁岩間，發現溺水的魏文昌。

魏文昌被緊急送去醫院，醫生說他昏迷指數是3，還要觀察。昨晚魏爸照顧一整夜，魏爸要上班，魏媽早上去醫院接替魏爸。

「啊？所以……」梁志民脫口而出：「文昌……還活著？」

魏文豪皺著眉頭，昨晚聽魏媽說，醫生已把肺部積水抽出來，但腦部缺氧太久，如果能醒過來，是最好；倘若不能醒過來，恐怕會成植物人！

「呃！怎會發生這樣的事？」洪貴芳和羅香綾眼眶都紅了。

「昨晚，我聽到哥哥房間裡有聲音，我以爲是哥哥回來，就跑進去看………」

梁志民等三人，全都瞪大眼，看著魏文豪……

他搖頭說：不是哥哥，他看到一本發光的書。

梁志民起身說：「可以帶我去看看嗎？」

魏文豪點頭，起身，梁志民和兩個女生，也一起站起來，跟著到魏文昌房間，三個人、六隻眼睛看到《魔書》，四平八穩地躺在書桌上！

詭異的是，之前《魔書》封面出現裂紋，又有點支離破碎，這時全都消失了，它又恢復成完整的模樣，還閃出詭譎光芒！

或許，應該說，《魔書》」出了「亡靈洞」，花雪茵高興了，就讓《魔書》恢復正常，問題是，到底是誰把《魔書》帶出來？

直立在雲端……唐東玄環視東西南北、四維上下，接著朝南飛奔……直到中部的中心點，他停住身形，再次探詢、環視天際。

沒錯，整個陽間天空，到處充斥著大、小團的黑氣，看黑氣就知道，最近亡故的亡靈，數量特別多，忽然東西南三方的黑氣，緩緩移向北方……

他轉身，又向北飛奔，但是逼近北方，黑氣反變得稀疏、淡泊了。

他如此來來回回，巡視幾遍，結果都是一樣。

看來，北方有問題，但是卻又找不出來，問題所在？

「叩，叩，叩。」

三聲清脆叩鐘響起，唐東玄直瀉而下……穿透雲層、穿透大廈、屋宇，穿透牆垣……貫穿入靜坐的、他的身軀肉體內。

由靜坐中醒了過來，唐東玄調整一下呼吸，張開眼，揚聲喊：「進來。」

房門輕輕被推開，趙建倫站在房外，恭謹地說：「老師，有人找您。」

「誰？」

「是，一位是蘇昭容，另一位是呂玉晶，我把她們安置在客廳。」

「嗯，稍待，我立刻去。」

不一會，唐東玄一身便服出現在客廳，兩位女客人既欣喜又恭敬連忙起身。

兩位女客，之前拜訪過幾次，都無功而返，或是剛好唐東玄外出，她倆已經很久沒再來了。

唐東玄回禮，落座，輕聲道：「請喝茶。」

兩位女客依言，呷口茶後，個性急躁的呂玉晶先開口，還不忘先客套一番：「不好意思，唐先生向來忙碌，我們也是事有急迫，才想，只有找唐先生，才有辦法。」

唐東玄頷首，低沉磁音響起：

「嗯。最近，大家都很緊綳。我巡察幾回，陽間災難頻傳。」

其實，唐東玄最近數次接獲「鬼市」的緊急訊息，除了出門探詢，也以靜坐方式，讓自身靈體躍空查探。

「對對對，而且死了很多人，太恐怖了！」呂玉晶忙接口。

唐東玄輕吸口氣：「方圓三百里內，到處都充斥了魑魅魍魎，我就發現山魈、水精魅怪、疫鬼……尤其疫鬼更是猖狂！」

兩位女客深有同感，附和地表示害怕，連出個門，都要很小心，接著導入正題。呂玉晶把兒子梁志民向她說過的，有關同學們發生的事件，一五一十詳細道出。

唐東玄聽得劍眉連連聚攏，尤其是聽到同學們闖入山洞後的種種際遇，他更是星目燦然生輝。

「已經有三位同學，加上同學的妹妹，四個人都死了。現在有一位同學陷入昏迷。」呂玉晶說：「還有一位女同學接到警告，快要發生事故。這警告很準的。我兒子擔心死了，又無計可施。」

唐東玄點頭：「事不宜遲，人命關天，我們先去看那位昏迷的同學。」

「是，唐先生慈悲為懷，有勞唐先生了。」蘇昭容這時才出聲。

聽到唐東玄這話，呂玉晶心口一塊石頭終於落地了，據兒子梁志民所稱，死了幾位同學，下一個有可能就輪到他。

呂玉晶立刻通知梁志民，兩母子加上蘇昭容，跟著唐東玄，很快到醫院，魏文昌的家人都在，看到唐東玄氣宇不凡，一身清風道骨，魏家人焦躁的心底，浮出無限希望。

唐東玄被家屬引到加護病房外，從窗口直視著躺在裡面、渾身插滿管子的魏文昌，各人所見、所感受的，截然不同。

唐東玄巋然不動，一對星目直視魏文昌，足足過了三分鐘之久，眾人大氣都不敢喘……一會，唐東玄略顯疲累地轉頭，吩咐眾人：「好了。我們走吧。」

當然，沒人了解唐東玄，不過還是依言，走出醫院後，唐東玄開口道：「能找個地方，方便說話嗎？」

「是！是！」

魏爸說著，找了附近一間他熟悉的餐飲店包廂，大家落座，因爲不是用飯時間，所以服務生很快送上茶水、點心。

魏媽迫不及待地請問道：「請問唐先生，我兒子有救嗎？醫生說，過了三天，再不醒過來，我兒子可能終身變成植物人，我……」說到後來，當著眾人，她還是忍不住哭了。

魏爸忙接口：「今天已經是第二天了。」

唐東玄微微頷首，徐徐開口：「我知道。有一股黑氣，逼近在令郎胸前，大約10公分高左右。現在是下午三點多，黑氣逐漸下沉，到了午夜子時，也就是十二點整，黑氣會貫穿進入胸腔，令郎就會跟著離開。」

事實上，他看到黑氣團裡，聚攏了好幾道鬼影，但不想讓眾人駭怕，唐東玄說得輕描淡寫。

聽他這一番話，魏家人紅了眼眶，珠淚噗噗而下，接著魏爸、媽急切地拜託唐東玄救兒子。

「唐先生，拜託，拜託您，不管多少錢，我都可以拿出來。錢可以再賺，只求我兒子活過來。」可以的話，魏媽很想跪下去。

唐東玄不禁失笑了：「有時候，錢不一定有用呀，誠心最重要。」

魏爸攢緊眉頭，一副無可奈何地顫抖著嘴唇，含在眼眶的淚水，再也忍不住滑落。

星眸環視眾人一眼，唐東玄開口又說：「兩位請放心，我剛才，把那團黑氣逼走了。」

說著，唐東玄由隨身背袋裡，掏出護身符、一張符紙，交代魏爸、魏媽，正解說該怎麼處理之際，魏爸手機忽然響了……

「呀？是，是，是我。」魏爸異常緊張，轉頭向唐東玄道：「醫院，是醫院打來。」

他又接聽了一會，點頭不迭，關上手機，他神情激動得說話都結巴：「文昌……文昌醒過來了。」

魏媽一聽，馬上站起身，一個不小心把椅子撞倒，魏文豪也起身忙扶住魏媽，魏媽忽覺太冒失了，帶著歉意眼光，望著唐東玄。

唐東玄淡笑道：「去吧，你們去看他。」

於是兩母子向唐東玄尊敬的彎腰致謝，又向其他人點頭，迅速退出包廂。

「對不起，讓大家看笑話了。」魏爸一轉方才的悲戚神情，眼眶還是紅腫，嘴唇卻是笑的咧。

在場眾人，皆有感同心受，舉起茶杯，紛紛向魏爸恭賀。

——你，你們所有人，都逃不掉，下一個，就是妳嘍。嗬嗬嗬……

阿官這句話，始終盤旋在洪貴芳耳祭，下一個嗎？那，自己會怎麼死？

洪貴芳時時刻刻、分分秒秒，都處在恐懼中，就像一個人，明知死期已近，卻又不知道確切時間，那種椎心恐懼、期待之痛，比被一刀殺掉更讓人難過。

另一方面，洪貴芳私心卻抱著僥倖心態，《魔書》不是在魏文昌書桌上嗎？魏文昌還沒有死，應該……還不會輪到自己吧？

這天，晚自習後，回到家已經五點多了，踏進家門時，傳出洪貴富的哽泣聲。

洪貴富抽噎地道出原委：下午快四點，他趴在茶几上寫功課，一道影子拂過，洪貴富轉眼望去……是個女子背影，線條和身軀很模糊，好像是鉛筆畫的線條般淡色，它從大門進來、經過客廳，穿入洪貴芳關上的房間。

「阿富，怎麼了？」

洪貴富眨巴著眼，爲了證實自己沒看錯，他放下筆，跑到姊姊房前，打開門，嚇然看到女子轉回頭，臉容一邊黑、一邊白，衝他齜牙咧嘴……他被嚇得急忙拉上房門，跑去告訴媽媽。

「媽媽……怎麼說？」洪貴芳問。

洪媽媽當下罵了洪貴富一頓，說貴妹發生意外亡故，她心情已夠糟了，不要亂講些有的沒的。洪貴富指天誓地爭辯，卻被媽媽甩巴掌，他是家中寶貝，連罵都不曾被罵過，更別說被打了。

心口緊縮著，洪貴芳轉身奔入自己房間，入目之下，她整個人懵了……

《魔書》躺在她書桌上！

洪貴芳腦袋瞬間紊亂了，千百個問題浮上來：魏文昌死了嗎？所以阿官把魔書從他家送過來？下一個，輪到自己了嗎？

心急氣粗地撥打手機給梁志民。洪貴芳話都講不清楚：「＊▼#&※。」

梁志民聽得一頭霧水，只聽到「魔書」兩個字。梁志民幾乎用吼的，才壓住洪貴芳不成句、一團亂的話語。

「聽我說……洪・貴・芳，妳住口！聽我說，我們約在妳家附近，見面再談。好嗎？半個小時我就到妳家巷口，那間飲料店見面。還有，把書帶過來。」

半個小時後，梁志民和洪貴芳落坐在巷口的飲料店，只見洪貴方嘴唇發白，臉上還貼著藥膏，渾身顫慄，這與當初，她意氣風發，嗆聲要帶回《魔書》，開言要消滅它時，簡直就是判若兩人。

梁志民也搞不懂了《魔書》怎會出現在她家？洪貴芳轉述起洪貴富的話，依她揣測，應該是阿官把書送過來的。

梁志民點頭：「那，妳打開過書嗎？」

「我不敢。」洪貴芳氣息混濁地搖頭。

梁志民把書挪到自己面前，伸手，觸摸書封面……

「等一下，我想問。」洪貴芳聲音顫慄。

「妳說。」

「如果書上說，我該怎麼死，那麼我會跟其他死掉的同學一樣……照書上說的死？」

「基本上是這樣。」梁志民點頭，他其實也有些害怕，雖然白天唐東玄把魏文昌救回來，但是不能保證說，他對《魔書》有應對之策。

下午時分，大家替魏家人高興，魏爸還問唐東玄，以後該如何照顧魏文昌、要注意什麼事。到了快五點，應該是晚飯時間，唐東玄手機忽響，說了幾句，唐東玄說他家有事，必須趕回去。魏爸也急著趕去醫院探望魏文昌，大夥連晚飯都沒吃，就各自離開，梁志民根本來不及請問唐東玄有關《魔書》的事呀！

「都到了這地步，不要怕，怕也沒有用。以後總會輪到我，對不對？如果我們都死了，可以一齊找那群鬼算帳。」

梁志民帶著自以爲幽默的口吻說，想引洪貴芳笑，豈料隱忍許久的淚，反而由她臉頰顆顆往下滑……

踟躕一會，屏住呼吸，梁志民伸手，緩緩打開《魔書》封面。

裡面內頁一片空白，當他兩人詫異地看著書頁時，只見工整字體，逐一出現：

『嗬……你們去討救兵？沒有用啦！既然這樣，我就不客氣了。呼～～梁志民、洪貴芳、羅香綾，但凡進入『亡靈洞』者，我都一併收拾，帶回『亡靈洞』。』

洪貴芳忘記害怕，眼睫毛還凝了淚珠，她轉望梁志民，足足過了五分鐘，才徐徐開口問：「是怎樣？書上面沒說清楚，我們要怎麼死？」

梁志民輕一點頭，腦海中，千迴萬轉……

忽然他掏出手機，開始按按鍵……原想開口問的洪貴芳，發現他撥的數字，很孰悉，是……魏文昌？洪貴芳吃了一驚，魏文昌不是昏迷在醫院？

「你在哪裡？」梁志民問魏文昌，看一眼洪貴芳。

「我被送到普通病房。沒事了。醫生說明天可以出院。謝謝你，和梁媽媽。」

原來魏爸、魏媽向魏文昌說起下午的經過，雖然聲音有些虛弱，他話卻很多，一股腦說著：能活過來眞好！他媽煮了一鍋雞湯，吃了明天肯定又是一條活龍……最後發現梁志民都沒說話，才警覺有異地問：「你在哪？」

「方便去看你嗎？」

「當然可以，有事嗎？」

「見面再談。」

結束通話，梁志民立刻邀洪貴芳一起去醫院。洪貴芳這才頻頻問起魏文昌，梁志民說出，下午唐東玄出現，去醫院救了魏文昌的細節。

聽完，洪貴芳不禁精神一振，加上剛剛《魔書》沒有單點她的名字，她更是放寬心，畢竟有伴總比單獨涉險好多了，至少有伴就有膽嘍。

看到梁志民帶著女同學來探望，魏爸、魏媽很高興，兩老藉口買飲料，走出病房，只剩他三個人，梁志民掏出《魔書》，道出上面寫的幾句話。

看到《魔書》，魏文昌心中不免有陰影，又聽說上面並未提到他，他也有疑惑：「我不是也有進入『亡靈洞』？爲何沒提到我？」

「唐先生的法力高強救回你，給你護身符，我猜，阿官這群鬼無法抓你了。」

魏文昌點頭：「有可能。」

「所以我來求你，能不能……把唐先生送給你的護身符，暫時讓貴芳佩帶？」

魏文昌和洪貴芳同時一怔，這才明白梁志民來醫院的用意。魏文昌當下點頭，同時掏出佩掛著的護身符，要交給洪貴芳，豈料，洪貴芳堅持拒絕了。「我還好。文昌病剛好，很需要護身符。否則那群鬼再出現，還是會有危險。」

兩人都堅持推託，看到同學都替對方著想，梁志民很感動，慨然道：「好吧，明天請我媽跟唐先生聯絡，如果他有空，拜託他跟我們去『亡靈洞』抓鬼！」

洪貴芳頓時膽壯地說：「我也要去。如果告訴香綾，她應該也會去。」

魏文昌豪情地接口：「我沒事了，如果要去，算我一份。」

昨天回家時，呂玉晶已入睡了，梁志民深思熟慮，想妥一番說詞，準備明早再談。昨天晚睡，早上睡過頭，一躺下來即睡著。快七點時，他房門被敲響，一看時間，梁志民忙跳下床，打開門，呂玉晶當門而立：「欸，唐先生想跟你談談。」

「他……一早就來我們家？」梁志民大惑不解，拍拍頭……不是做夢？難道唐先生有神通？知道他們要找他？這也太玄了吧？

「快點穿好衣服出來，呆愣著幹嘛？」

梁爸要上班，跟唐東玄打過招呼，寒暄幾句就出門了。梁志民和唐東玄對坐在客廳，呂玉晶下廚去泡茶，一會端出茶來。

「這麼早很冒昧。」唐東玄帶著歉意說。

「不不……」梁志民急忙接口，說出他本擬定妥當的計畫，同時把有關《魔書》、洪貴芳的事件，一併道出，說完，他欽佩地說：「唐先生真神人！居然預知我們的計畫，好厲害喔！」

唐東玄冠玉臉上，星眸燦亮，灑脫道：「我沒那麼厲害，是剛巧。」

接著唐東玄說，昨天下午，他家的趙建倫撥他手機，說有訪客，因此他匆匆趕回去，才知道「鬼市」派陰差來找他。

原來許多水精魅怪，闖入「鬼市」求救。它們被逼抓交替，抓了交替，要把其引進「亡靈洞」。不照做的話，會被化成血水，永不得超生，它們不肯濫抓無辜，又無法抗拒，只好冒著千險萬難，逃來「鬼市」請土地公主持公道。

末了，唐東玄問梁志民，曾聽他提過他跟同學們去過「亡靈洞」，能替他帶路嗎？

梁志民說：「我想起來了，我們去『亡靈洞』路上，隱約間，我曾看到有不明朗的燈火，曾懷疑那是不是『鬼市』？結果我同學不敢去，我們就沒去了。」

呂玉晶在一旁，脆聲唉叫：「天呀！我找了快一年多，都找不到『鬼市』，你這孩子，回來也不跟我說一聲？」

唐東玄客氣而儒雅地說：「『鬼市』可遇不可求，不是每個人都能去。即使進入『鬼市』，遇到各式亡靈鬼魂、甚至魑魅魍魎，要是沾染了陰氣，對陽世間人，都不太好。」

呂玉晶聽了，暗吐舌頭，不敢再多話。

接著唐東玄又問梁志民，關於《魔書》，是怎麼回事。

昨天在醫院外面的餐飲店包廂，時間倉促，並沒有說出《魔書》，梁志民這會詳細敘述，同學們把《魔書》帶出『亡靈洞』，接著同學們連續受到《魔書》詛咒、亡故的細節。

最重要的，就是《魔書》下了最後通牒，點了他跟兩位同學的名，說但凡進入「亡靈洞」者，都要一併收拾。

「我們數次要消滅《魔書》，甚至把《魔書》丟回『亡靈洞』，結果都沒辦法擺脫它。」

唐東玄點頭：「嗯，我明白了。下午三點，我會去『亡靈洞』，如果你沒辦法帶路，就請告訴我路徑。」

「有，有空，我可以帶路，可以跟您去。」梁志民忙說。

「你不是要上課？」

「呀，我們班有人染疫、確診。乙班全班休息一個禮拜，當然有空嘍。」

「好，那我還有其他要事，先告辭了。」唐東玄起身：「下午三點見。」

「等等，我剛提到，《魔書》點名我們幾位同學的名字，她們都要跟，可以嗎？」

唐東玄允諾，就辭出梁家。

送走唐東玄，闔上門，呂玉晶瞪著兒子，抱怨道：「欸，你在搞什麼？這麼危險的事，居然沒跟媽媽說？還想跟唐先生去什麼鬼靈洞？萬一你發生意外，叫媽媽怎麼辦？你可是我們梁家獨子咧。」

「不是鬼靈洞，是『亡靈洞』，媽，昨天下午，妳也看到我同學，被救醒過來，妳還不相信唐先生的力量嗎？」

梁志民的話，讓呂玉晶無話可說。

下午三點，羅香綾、洪貴芳、魏文昌齊聚在梁志民家，唐東玄準時三點也到了，看到魏文昌，唐東玄相當訝異，魏文昌親口向他道謝，並說他身體已經恢復了，同學不辭辛苦救他，輪到同學有難，怎可以少了他一個人？

唐東玄嘉許地點頭，轉眼特別看著洪貴芳說：「妳臉刺痛又灼熱？」

「嗯嗯，看了醫生，抹了好多藥，還是痛……」洪貴芳靦腆地想摸臉，又不敢碰。

唐東玄由袋子內掏出一瓶精緻小瓶罐：「妳試試看這個。」

洪貴芳連忙打開罐蓋，抹了不到十秒，臉上灼熱痛感頓時消弭一大半，她感激地一直道謝，說她這幾天被困擾得非常難受，並問唐東玄，這是什麼病？

「妳臉上罩了一層黯橘，依我觀察，那是阿修羅的晦黯光，普通藥治不了。」

同學們聽了，都嘖嘖稱奇，別說洪貴芳，其他幾位更打從心底佩服唐東玄。

一行五個人，還帶著《魔書》，腳力超強，浩浩蕩蕩很快就登頂，看到那排槐樹。這會，已經四點多，天色微顯灰暗。

「喏，這排槐樹後，就是大岩石……」梁志民話說一半，突然，一個人影，從槐樹後閃出來。大家不防，都被嚇一跳！原來是……劉英夫！

「你……你應該在學校內，怎麼會出現在這裡？」梁志民訝然問。

乙班放疫情假，甲班沒有，劉英夫應該在教室裡上課。

劉英夫臉色陰沉，瞪視著唐東玄，一手由口袋內掏出一張紙，嚇然是原本粗糙的地圖，接著他當大家的面，把地圖撕爛，粉碎的粗紙，隨著山風，四下飛散……

「你在做什麼？」梁志民攏聚濃眉，不懂他在幹嘛？

「這裡沒有山洞，地圖是假的。」劉英夫陰沉說著，直指向唐東玄：「你回去吧。」

梁志民和魏文昌等四個人，看劉英夫又轉望唐東玄，不曉得他葫蘆裡賣什麼膏藥？

「劉英夫，你很沒禮貌喔！他是唐東玄，唐先生耶。」羅香綾聲音如響鈴般清脆：「你帶我們來尋寶藏，還兩度進入『亡靈洞』，這是事實咧。」

劉英夫整個人變了，他手腳誇大的揮舞、踢動，連聲音都變得粗野、獷悍：「這裡沒有山洞，寶藏也是假的，你們，趕快回頭，下山。」

同學們都被嚇到，退了幾步，離他遠些。

唐東玄反而踏前一步：「如果我不願下山呢？」

劉英夫突兀地彈跳、就地旋轉、打滾、橫眉怒目：「休怪我不客氣。」

同學們嚇傻了，紛紛往後退……這不是劉英夫的聲音，也不像平常的劉英夫。劉英夫步步向同學們進逼，愈彈愈高、愈烈。

唐東玄口中發出清朗嘯聲，叱道：「你個阿修羅卒，趕快離開這位同學身軀，我不為難你……」

劉英夫突然停止一切動作，眼白整個變紅，死盯著唐東玄：「你，你知道我？」

唐東玄再往前一步，同時手上多了一只八卦鏡：「你到底走不走？」

「你……誰？」劉英夫一面倒退、一面豎起一根指頭動了動，忽然醒悟點頭，說：「呀，唐，唐東玄，『鬼市』裡的唐東玄？我剛才聽到了，我知道，我知道你。好吧，我走！」

說完，它滑稽地在地上打滾，一路滾上半空中，接著一縷輕靈黑影竄向陰晦天際，還繼續伸手踢腳……劉英夫的身體，則沉重往下掉，摔到山路上。

唐東玄允諾之下，同學們才敢上前扶劉英夫，他一臉茫然：「我怎會在這？」

同學們問他剛才的事，他都沒記憶，只是頻頻喊痛，背脊痛、屁股痛、手肘痛、腳踝痛，還問唐東玄是誰？同學們簡單介紹，劉英夫有聽沒有懂。

增加劉英夫，一行變成六個人，越過槐樹排，登上頂，看到巍然矗力的大岩石！

嚇！在此同時，整個天際、包括大岩石一公尺以下，變成一片迷懵、昏黑，看不出是烏雲？還是山嵐？

「我們每一次來，都是這樣。」梁志民說。

唐東玄龍行虎步，走近、繞著大岩石半圈，突然頷首說：「呀！原來如此。我……找到原因了！」

同學們爭相跑上前，問怎麼回事？大岩石有啥問題？

劉英夫卻問：「看到寶藏了？是不是在大岩石底下？」他始終堅信，阿官學姊不會騙他。

唐東玄沉吟半晌：「原來這裡被阿修羅網封印住。」

難怪他神遊在天際、雲端，看到東西南三方的眾多黑氣，明明移向北方，但是迫近北方，黑氣反消失了。

唐東玄也不急著解封阿修羅網，他想看看到底是誰，有這個能耐，遂轉問：「志民，你說的洞穴呢？」

「這裡，這裡。」魏文昌熱心地踏向右邊，撥開草叢、藤蔓，當先往下溜。

眾人依序下去，看到小楝樹、高可及人的菅芒草、雜草、藤蔓，剛巧堵住了洞口，唐東玄心中連連稱讚不已：這裡地勢隱密，加上這樣層層包護，莫怪我偵測不出來。

撥開雜草，走到洞口，敏感的羅香綾，因爲上回的經驗，她就特別注意梁志民的背包，果然發現他背包又冒煙……她忙出聲警示，梁志民掏出《魔書》，告訴唐東玄，唐東玄接過書，封面出現裂紋，整本書顯得支離、破敗狀。

唐東玄聽梁志民提過《魔書》會自動出現字體，他翻開書……

本來是空白的內頁，這會，嚇然出現一筆一劃的扭曲、歪斜的字：

『再死一次。』

唐東玄沒說什麼，只是闔上書，依舊交給梁志民拿著。

「唐先生，這個……在說誰？」洪貴芳會害怕，戰戰兢兢地問。

唐東玄神采俊朗的臉上，表情嚴肅，淡然說：「進去就知道。」

沒人敢再發問，一行人繼續走進洞內，不久就到達五坪左右的小廣場，裡面景物依舊，與同學們第一次進來時一樣，雜亂而荒廢。

上次來時非常害怕，這次跟著唐東玄，同學們心中都很踏實，雖然不怕，卻都緊跟在唐東玄身後，不敢逾矩。

唐東玄環視一遍，扭頭問：「是誰先拿到《魔書》？」

「我。」羅香綾脆聲回。

唐東玄點頭，請她把書放回去。

羅香綾從梁志民手中接過書，小心翼翼走向傾斜書桌，拉出抽屜，她的手還在發抖……當《魔書》被放進抽屜剎那間，忽然襲來幾陣陰森寒風，寒風夾帶著一道黑影，襲向同學，大家都吃一驚，腳步隨著紊亂的心，慌亂得想躲……

唐東玄口誦咒語，舉起雙手，輕輕揮動，黑影被他震住，仰倒在地。

「花雪茵，不要作怪。」

黑影現出原形，果然是渾身上下歪斜、扭曲的花雪茵。

她瞪大不對稱雙眼：「你，知道我？認識我？」

唐東玄朗口道：「妳被關在洞穴裡，幾近上百年，那不是妳的錯，也不是同學的錯……」

「我恨……我不平……我要洩恨……你不能阻擋我報仇，難道叫我去找害我的花家人嗎？姓花的都死絕了，去哪找它們？」厲聲大吼，鬼聲回音響徹洞穴。

「那是妳的業力，累積幾世以來的業力。」唐東玄不高不低的磁嗓，蓋過鬼聲，使在場眾人，如沐春風、如處溫馨。

「不！我不信！」花雪茵泣訴道：「我最親密的家人，只因爲我生病，長相畸形，把我關在洞內，不理不睬，我恨……」

「不信的話，可以到『鬼市』走一趟，那裡有妳要的答案。把書化掉，不要受到阿修羅的煽惑、謊騙，不要再戕害人，跟我回『鬼市』。」

「眞的？眞的有答案？」

唐東玄點頭，只見花雪茵打開書桌，拿出《魔書》，畸形手指放在書上，《魔書》瞬間化成飛灰、消失，地上徒留一小堆粉末，唐東玄掏出一只彩色晶瓶子，把花雪茵收入瓶內。

忽然洞內掃起陣陣寒冽冽陰風，響起驚天動地、鬼怪嘷吼的恐怖聲，數不清眾多魑魅魍魎、妖物、鬼怪……圍著眾人打轉，同學們嚇傻了，全都聚集、緊緊靠著。

唐東玄掏出一瓶高約十公分、直徑有五公分的八卦瓶子，低沉嗓音，誦起咒文……嘩！妖物、鬼怪，不管來多少、來幾陣，全數都被吸進八卦瓶子裡。

山洞內，整個清乾淨了後，唐東玄收妥彩色晶瓶子，以及八卦瓶，放入袋子內。接著他以打坐姿勢，落座在地上，手結手印、誦起「解除封印咒語」。

原來他把阿修羅網罩，整個解除殆盡。

山洞頓時失去那股陰鬱、寒顫、冷悽的陰氣，變成普通的山洞穴。同學們都感受到了，正露出歡欣笑容時，阿官出現了！

除了臉是陰陽臉，它連身軀也是一邊男、一邊女的……雌雄同體。

唐東玄緩緩起身，與阿官對峙著，阿官旁邊還跟著四位阿修羅卒，方才在洞外遇到，附身在劉英夫身上的那位，也在其中。

阿官側頭，發出奇怪聲浪，一高一低，一男一女的合音：「阿厲，剛才怎麼沒有把他們阻擋在外？失職的罪很重喔。」

原來剛剛在洞外，附身在劉英夫身上的，是阿厲修羅卒。只聽阿厲恭謹俯下頭、低聲：「是，小的明白。可是，他是……唐東玄。」

「哼！什麼唐東玄？找藉口？聽到嘍，回去受刑罰。」

「阿官，我們又見面了。」唐東玄微頷首，朗聲：「上次，你們假冒『鬼市』，隨便發放鬼藥，竟然溜得好快。」

「唐東玄，你破了我阿修羅網封印，該當何罪？」阿官不提假冒事件，反問道。

「阿官呀，念在你數百年修為，我不為難你，你告訴我，你家主人究竟是誰？」

「哪……哪個主人？」

「不要裝傻。就是攤販老闆，你說，是不是他派你封印住『亡靈洞』、控制魑魅魍魎、殘害其他眾亡靈？」

「哪有？」阿官疾聲反駁。

「有鬼證喔。許多水精魅怪、山難、意外死亡者，冒著千險萬難，逃到『鬼市』告狀，它們被逼抓交替，不照做的話，會被幻化成血水，永不得超生。」

阿官無言了。

「只要你說出主使者，我可以放過你，不計你的過失。」

「哼，別再說了。我不會說出來。就是要讓你手忙腳亂，把你個『鬼市』搞得天翻地覆，才罷休！」

唐東玄步伐穩當地繞了幾步，深邃眼眸研究似看著阿官，說：「我跟『鬼市』毫無相關，恐怕你計策要落空。不瞞你說，那天，我看到攤販老闆有病，還病得不輕，你不想救他嗎？」

「救他？該救他的是你！」阿官突然粗聲惡氣地暴怒。

「好，那你告訴我，他的眞正身分！」看阿官果然中計，唐東玄步步進逼。

這時阿官臉色突然猛變，激動地破口大罵：「還不都是你！都是你害的！你這個冷血，無情無義，冷漠，沒心、沒肺、沒肝，薄情寡義的大壞人！」

唐東玄被罵得一頭霧水，一雙深邃星眸直愣愣地盯住阿官，阿官罵到後來，雙眼含著兩泡晶亮水花，再也罵不下去，轉身，大手猛然橫揮，掃出一陣疾風，大家忍不住都閉上眼，再睜開眼時，他阿官和幾位阿修羅部眾業已消失了。

唐東玄本想追上去，繼而一想，自己和同學們，還在山洞內呀。

就在這時山洞頂邊石岩、碎屑，大塊、小塊紛紛剝落往下掉，唐東玄立即呼叫同學快跑，趕快逃出洞外。

五位同學，在唐東玄殿後之下，邁開腳步，逃得比什麼都快，大家一路往外逃時，發現許多其他生物：爬蟲類、蝙蝠、小蛇、蟑螂，也成群結隊，紛紛往洞外奔逃。

後來，「亡靈洞」空了，沒有邪靈、鬼魂、山魈，久而久之，逐漸被忘記恐怖事件，變成普通的洞穴，附近民眾還有人常去登山、運動。

唐東玄的隨身袋內，有兩瓶重要的東西：彩色晶瓶子，以及八卦瓶子。

這趟收穫滿滿，不但一次剷除「亡靈洞」內的魑魅魍魎，還收服了百多年的妖孽，可向「鬼市」交代了。

遠遠的，唐東玄看到「鬼市」內，一道烏黑鬼影，鬼鬼祟祟地左閃右避，飄到「鬼市」出口處的土地公廟前……唐東玄凝聚深邃眼眸，看到鬼影拿著一管卷軸，略一停頓，接著迅雷不及掩耳的瞬間，鬼影竄向陰晦的遠空而去……

唐東玄原想追上去，但一回想：算了，還是先回「鬼市」交差吧。

附錄

雖然「鬼市」源遠流長，唐朝以來，就有鬼市傳說。但是在現代，居然也有鬼市傳說！

據傳說，中古代澎湖人鬼雜居，陰氣盛行、因此造就了鬼市的出現。鬼市就位於澎湖周遭的海底中，是鬼族的交易場所。市場在半夜的時候開始、雞鳴時解散，聚集了各種來自世界各地的妖魔鬼怪、販賣著各種珍稀物品，連夜晚的海底都因爲鬼市而散發出紅色光芒。凡人要進入鬼市，則必須先用點燃的犀牛角照明海底，讓水中的妖怪現形。（註：典出百科維基。）

愛看鬼故事的林韋浩，看到這個傳說，心中有個大問號，直到他弟弟，林維琦罹患癌症後，他認眞探查，探出鬼市地點，並帶齊裝備，想到「鬼市」買藥。

到達虎井嶼，林韋浩掏出艱辛萬苦才得來的犀牛角，想把犀牛角尾尖點燃，但牛角堅硬的質地，加上這裡海風強盛，始終無法點燃……

累了幾天，毫無進展，然而爲了弟弟，他還是奮力想盡辦法。在無法可施之下，他掏出硃砂，沾些水，把其黏在牛角角尖……

剎那間，犀牛角角尖，閃出紅色光芒，但一閃即沒。

雖然如此，已經夠讓林韋浩興奮了！

他仰望一碧如洗的天空，思索著：鬼市的資料上，似乎只有都在暗懵時分，鬼市才會出現，現在……是大白天唷？

午夜十二點，海風比白天更強勁，林韋浩克服困難，把硃砂染在犀牛角角尖……

角尖紅色光芒，瞬間照亮海岸岩礁，岩礁出現一條沙路，喘著大氣的林韋浩，想都沒想，拔開腿，立刻衝向沙路，不多久，沙路兩旁擺滿攤販，周遭看來異常朦朧。

林韋浩逢人就問：「有賣治病的藥嗎？治絕症的藥？」

經過路人指點，他來到一攤擠滿人潮的攤販前，沒等他出聲，攤販老闆咧開烏黑大嘴：「我有你要的藥。想買嗎？不計任何代價？即使傾家盪產也不後悔？」

林韋浩猛點頭、一再點頭不迭，急切接口：「不管什麼代價，我都願意。」

接到老闆丟過來的藥包，入手一陣寒顫，渾身顫慄中，林韋浩乍然醒了過來。

「行！成交！」

海風依然呼嘯、氣溫依然森冷，岩礁上，犀牛角冷冷閃出暗朦冥光！

林韋琦服下鬼市的藥，再去醫院做檢查，癌症腫瘤縮小到消失不見了。他很感激哥哥費心，但卻問不出藥的來源。

不久，林韋浩發現自己愈來愈衰弱，頻頻看醫生，做了許多檢查，結果醫生宣布他患了淋巴癌！

晴天霹靂，兜頭蓋得兩兄弟都呆傻了，弟弟積極問起藥的來源，他想去求藥救哥哥，像當初哥哥救了他的命。

林韋浩想起當初，老闆說：不後悔？

聰明的他，這會終於明白，一命抵一命，絕不後悔。因此他堅持把「鬼市」求藥的祕密，帶進棺材。

雖說：「人不為己，天誅地滅。」

但未嘗沒有這種「犧牲我命，輪替他身」的人呀！

「鬼市」縱使陰森、詭譎、恐怖，卻也有值得我輩世人學習、讓人讚頌的時候。

境外之城 148

鬼市傳說2：請鬼拿藥

作　　者／汎遇
企畫選書人／張世國
責 任 編 輯／張世國
發 行 人／何飛鵬
總 編 輯／王雪莉
行銷業務經理／李振東
行 銷 企 劃／陳姿億
資深版權專員／許儀盈
版權行政暨數位業務專員／陳玉鈴
法 律 顧 問／元禾法律事務所　王子文律師
出版／奇幻基地出版
城邦文化事業股份有限公司
台北市 104 民生東路二段 141 號 8 樓
電話：(02)25007008　　傳真：(02)25027676
網址：www.ffoundation.com.tw
e-mail：ffoundation@cite.com.tw
發行／英屬蓋曼群島商家庭傳媒股份有限公司城邦分公司
台北市 104 民生東路二段 141 號11 樓
書虫客服服務專線：(02)25007718・(02)25007719
24 小時傳眞服務：(02)25170999・(02)25001991
服務時間：週一至週五09:30-12:00・13:30-17:00
郵撥帳號：19863813　　戶名：書虫股份有限公司
讀者服務信箱 E-mail：service@readingclub.com.tw
歡迎光臨城邦讀書花園 網址：www.cite.com.tw
香港發行所／城邦（香港）出版集團有限公司
香港灣仔駱克道 193 號東超商業中心 1 樓
電話：(852) 2508-6231 傳眞：(852) 2578-9337
馬新發行所／城邦（馬新）出版集團
【Cite (M) Sdn Bhd】
41, Jalan Radin Anum, Bandar Baru Sri Petaling,
57000 Kuala Lumpur, Malaysia.
電話：(603) 90563833　　傳眞：(603) 90576622
E-mail：services@cite.my

封面插畫／Blaze Wu
封面版型設計／Snow Vega
排　　版／芯澤有限公司
印　　刷／高典印刷有限公司
■2023 年5月25日初版一刷

售價／380元

國家圖書館出版品預行編目資料

鬼市傳說 2：請鬼拿藥 / 汎遇著　一初版一台北市：奇幻基地出版；
家庭傳媒城邦分公司發行；2023.6
面：　公分 .--（境外之城：.148）
ISBN 978-626-7210-29-1 (平裝)

863.57　　　112001138

ISBN　978-626-7210-29-1

Printed in Taiwan.

※ 本故事內容純屬虛構，如有雷同，純屬巧合。

廣　告　回　函
北區郵政管理登記證
台北廣字第000791號
郵資已付，免貼郵票

104 台北市民生東路二段141號11樓

英屬蓋曼群島商家庭傳媒股份有限公司城邦分公司 收

請沿虛線對摺，謝謝

奇幻基地

每個人都有一本奇幻文學的啓蒙書

奇幻基地粉絲團：http://www.facebook.com/ffoundation

書號：1H0148　　書名：鬼市傳說2：請鬼拿藥

請於此處用膠水黏貼

讀者回函卡

謝您購買我們出版的書籍！請費心填寫此回函卡，我們將不定期寄上城邦集
最新的出版訊息。亦可掃描 QR CODE，填寫電子版回函卡

姓名：______________________

性別：□男　□女

生日：西元________年________月________日

地址：______________________

聯絡電話：____________ 傳真：____________

E-mail：______________________

職業：□ 1. 學生 □ 2. 軍公教 □ 3. 服務 □ 4. 金融 □ 5. 製造 □ 6. 資訊
□ 7. 傳播 □ 8. 自由業 □ 9. 農漁牧 □ 10. 家管 □ 11. 退休
□ 12. 其他 ______________________

您從何種方式得知本書消息？

□ 1. 書店 □ 2. 網路 □ 3. 報紙 □ 4. 雜誌 □ 5. 廣播 □ 6. 電視
□ 7. 親友推薦 □ 8. 其他 ______________________

您通常以何種方式購書？

□ 1. 書店 □ 2. 網路 □ 3. 傳真訂購 □ 4. 郵局劃撥 □ 5. 其他 ______

您喜歡閱讀哪些類別的書籍？

□ 1. 財經商業 □ 2. 自然科學 □ 3. 歷史 □ 4. 法律 □ 5. 文學
□ 6. 休閒旅遊 □ 7. 小說 □ 8. 人物傳記 □ 9. 生活、勵志
□ 10. 其他 ______________________

請於此處用膠水黏貼